ÉTONNANTS • CLASSIQUES

MOLIÈRE

Le Tartuffe

Présentation, notes et dossier par
ANNE PRINCEN,
professeure de lettres

Cahier photos par
ÉLISE SULTAN,
professeure de lettres

Flammarion

De Molière
dans la collection « Étonnants Classiques »

L'Amour médecin. Le Sicilien ou l'Amour peintre
L'Avare
Le Bourgeois gentilhomme
Dom Juan
L'École des femmes
Les Fourberies de Scapin
George Dandin
Le Malade imaginaire
Le Médecin malgré lui
Le Médecin volant. La Jalousie du Barbouillé
Le Misanthrope
Les Précieuses ridicules
Le Tartuffe

Édition revue, 2013 et 2019.
ISBN : 978-2-0814-8712-3
ISSN : 1269-8822

SOMMAIRE

PRÉSENTATION

Sous le signe du scandale

Cinq ans de querelle et trois *Tartuffe* successifs

Première version

Si la postérité d'une œuvre se devine aux premières difficultés de sa réception et se mesure à l'aune de leur retentissement, *Le Tartuffe* était bel et bien destiné à devenir la pièce la plus célèbre du répertoire de Molière. Une autre comédie connut-elle jamais genèse plus tortueuse et débuts plus complexes ? Dès sa première représentation, le 12 mai 1664, dans le cadre des *Plaisirs de l'Île enchantée*, la grande fête donnée à Versailles par le jeune monarque Louis XIV, l'œuvre est interdite à la demande d'une coterie[1] influente qui réunit membres du clergé et personnalités politiques. Bien qu'il ait apprécié la pièce et ne souscrive aucunement au jugement du parti dévot, le roi, qui suit avec intérêt la carrière de Molière et soutient financièrement sa troupe, juge plus prudent de différer la publicité de son approbation[2]. En effet, la polémique fait rage et nourrit quantité de libelles[3] incendiaires qui vouent Molière aux gémonies ; le point d'orgue est sans doute atteint avec l'anathème lancé par l'abbé Roullé, qui, dans un pamphlet

1. ***Coterie*** : réunion de personnes soutenant ensemble leurs intérêts.
2. Le roi ne soutiendra officiellement la pièce qu'en 1669.
3. ***Libelles*** : courts écrits satiriques, diffamatoires.

intitulé *Le Roi glorieux au monde, ou Louis XIV le plus glorieux de tous les rois du monde*, paru le 1er août 1664, fait du dramaturge « un démon vêtu de chair et habillé en homme, et le plus signalé impie et libertin[1] qui fût jamais dans les siècles passés ».

Deuxième version

Sans doute affecté par ce procès en sorcellerie, Molière se résout à un remaniement profond de son texte. Après plusieurs représentations privées de sa pièce initiale, qui toutes ont pourtant été couronnées de succès, naît, le 5 août 1667, un nouvel avatar du faux dévot. Rebaptisé Panulphe, Tartuffe a troqué le petit collet[2] de l'homme d'Église pour le vêtement d'homme du monde. Accompagnée de la suppression des répliques les plus controversées, cette laïcisation du personnage aurait dû, selon le dramaturge, avoir raison des préventions de ses censeurs, mais c'était compter sans la force tenace de la cabale des dévots. Les membres de la Compagnie du Saint-Sacrement de l'Autel[3] sévissent à nouveau et obtiennent l'interdiction de la pièce, par l'intervention de l'un des leurs, le président Lamoignon. En l'absence du roi, retenu en Artois pour sa campagne de Flandre, le magistrat décide la

1. ***Libertin*** : esprit fort, qui ne respecte pas les choses sacrées.
2. Un ***collet*** est un rabat qui se porte sur le pourtour du cou, au-dessus du vêtement. Les gens du monde le portent ample et souvent orné, tandis que les gens d'Église en arborent un plus petit, d'où l'expression « petit collet » pour désigner les ecclésiastiques.
3. ***Compagnie du Saint-Sacrement de l'Autel*** : compagnie fondée en 1627, qui rassemble des personnalités laïques issues de la noblesse ou de la haute bourgeoisie parlementaire et des membres du clergé ; cette société est l'expression d'une réaction qui entend restaurer l'orthodoxie catholique en s'opposant aux hérétiques, aux protestants et aux libertins. Outre des actions de bienfaisance, elle tâche de promouvoir l'ordre moral aussi bien dans les affaires publiques que dans la sphère privée. Ses moyens d'action, assez occultes, et ses ramifications sur tout le territoire du royaume, qui lui permettent de s'immiscer dans la stricte intimité des familles par le biais de directeurs de conscience, l'apparentent à une société secrète. À travers le personnage de Tartuffe, c'est évidemment cette pratique de l'immixtion dans le cercle familial que dénonce Molière.

suspension de la pièce. Le 11 août 1667, après le Parlement, c'est au tour de l'archevêque de Paris de publier une ordonnance interdisant toute représentation publique de la pièce. Les requêtes que Molière fera parvenir au roi occupé au siège de Lille, par le truchement de deux de ses comédiens, n'y changeront rien. Malgré les différents soutiens dont il peut se prévaloir, parmi lesquels celui, non des moindres, du légat du pape – le cardinal Chigi –, qui a vu et cautionné la comédie en juillet 1664 lors de son passage à Paris, Molière doit encore patienter, assez grandement aidé en cela, on peut le penser, par la reconnaissance officielle dont le roi a gratifié sa troupe dès 1665. Prudent, Louis XIV entend encore ménager la susceptibilité des dévots et de l'Église...

Troisième version

Si les représentations publiques sont proscrites, la pièce continue d'être montrée en privé, chez le Grand Condé[1] notamment, esprit libertin que la peinture des errements du zèle religieux et de la fausse dévotion réjouit au plus haut point. Mais il faudra attendre 1669, à la date du 5 février, pour que soit montée, dans son ultime version en cinq actes, la pièce intitulée *Le Tartuffe ou l'Imposteur*, au Palais-Royal. Immédiatement consacrée par son succès public, que la postérité jamais ne démentira, elle est représentée quarante-trois fois de suite et l'achevé d'imprimer date du 23 mars 1669.

La question du dénouement : un geste grandiose ou une bassesse de courtisan ?

L'affaiblissement du parti dévot, consécutif aux décès de deux de ses figures tutélaires – Anne d'Autriche et le prince de Conti[2] –,

---

1. ***Le Grand Condé*** (1621-1686) : éminente figure de la noblesse française et grand libertin qui joua un rôle de premier plan dans la guerre de Trente Ans, puis pendant la Fronde.
2. ***Prince de Conti*** (1629-1666) : ancien protecteur de Molière ; devenu un catholique intransigeant, membre de la Compagnie du Saint-Sacrement de l'Autel (voir note 3, page ci-contre), il se transforma en farouche opposant au théâtre.

associé à l'opiniâtreté de Molière qui n'a pas cessé de rédiger des placets[1] et de solliciter des appuis auprès de Condé, de Mme de La Sablière[2], de Ninon de Lenclos, a sans doute facilité l'autorisation de la pièce. Mais le coup de génie du dramaturge consiste surtout à avoir doté sa comédie d'un dénouement qui rend un hommage spectaculaire au souverain. Pour venir à bout de la vilenie de son odieux imposteur, qui menace de bouleverser gravement l'équilibre de la cellule familiale et, partant, de la société civile, Molière invente en effet pour l'occasion le « *rex in machina* ». Il confie au roi, représenté dans la pièce par la figure de l'exempt, la puissance de confondre, *in fine*, par l'exercice d'une justice clairvoyante, la malhonnêteté nuisible de certains de ses sujets. À l'instar du dieu antique qu'un système de machinerie permettait de faire descendre sur scène à la fin de certaines pièces du théâtre grec pour résoudre providentiellement une situation sans issue, le prince, « ennemi de la fraude,/ [...] dont les yeux se font jour dans les cœurs,/ Et que ne peut tromper tout l'art des imposteurs », rétablit ici l'ordre et la justice. À la toute fin du cinquième acte, à défaut du monarque en chair et en os, ce sont les mânes de sa grandeur royale qui sont convoquées sur scène, pour sauver la morale en même temps que la comédie.

D'aucuns ont pu juger cet expédient regrettable et parmi eux, Charles Dantzig, qui est pourtant un fervent admirateur de la pièce. Dans son *Dictionnaire égoïste de la littérature* (2005), il exprime son dépit de lecteur avec une impertinence réjouissante :

> Relisant Molière, [...] j'ai été enchanté par *Tartuffe*, jusqu'à la dernière scène, où l'exempt annonce que le roi Louis XIV a deviné et puni les méchants. Eh bien, j'ai jeté le livre par terre. Et je n'ai

1. ***Placets*** : requêtes adressées en haut lieu pour solliciter une grâce ou une faveur.
2. ***Mme de La Sablière*** (1636-1693) : grande dame du XVIIe siècle connue pour son érudition, son amour des arts et son salon où se rassemblait la plus brillante société : La Fontaine, Boileau, Gassendi, Fontenelle, Mme de Lafayette, Perrault, Racine, Mme de Sévigné et Molière.

> pu rouvrir Molière avant deux ans [...]. Je ne pensais à lui qu'avec irritation. Tomber si insolemment dans la flatterie ! Le chef de l'État venant rétablir la justice dans une œuvre de fiction ! C'est un de ces moments rebutants comme en ont d'autres cyniques, Barrès, Claudel, Montherlant, Aragon. Ils se disent : mon talent me permet tout. C'est le moment où ils se perdent[1].

Le critique polémique rejoint ici, somme toute, un avis assez communément répandu, sur le finale de la pièce. Pourtant, quoi de plus naturel, au XVIIe siècle, que cette intrication de la gloire de l'État et du salut de l'artiste ? Était-ce réellement compromission, de la part de l'auteur, que de vouloir à toute force sauver un ouvrage dont la réception, par l'adversité qui l'avait accompagnée, avait amplement prouvé la nécessité ?

Une fois rappelées les vicissitudes essuyées par la pièce, et resitué le contexte artistique de l'époque, on peut reconnaître qu'il s'agit là d'une manœuvre brillante, qui fait définitivement taire les contestataires : comment oser porter atteinte à une œuvre qui tire une révérence aussi profonde au prestige royal ? Et comment mieux se garantir l'appui du gouvernement qu'en lui offrant cette éternelle louange, appelée, si la postérité y prête son concours, à reconduire à volonté la célébration de la lucidité et de la grandeur monarchiques ? Charles Guillaume Étienne, auteur au XIXe siècle d'une notice sur la pièce de Molière, expose, avec un lyrisme qui emporte l'adhésion, l'intelligence de ce geste théâtral, bien plus ingénieux qu'un simple remerciement de circonstance, tels ceux que l'on peut trouver dans les traditionnelles épîtres dédicatoires de nombreuses œuvres de l'époque :

> Les louanges de Louis XIV dans un chef-d'œuvre tel que *Le Tartuffe* étaient le plus bel hommage qu'il fût possible d'élever à son nom. [...] une statue au milieu d'une place publique n'est qu'une louange froide

---

1. Charles Dantzig, *Dictionnaire égoïste de la littérature*, Grasset, 2005.

et muette ; elle attire à peine les regards d'une multitude inattentive, mais un ouvrage de théâtre captive un public qui se renouvelle de jour en jour ; il excite au même moment, sur vingt scènes diverses, les transports de l'élite d'une nation ; il échauffe, il électrise tous les cœurs : c'est une vivante apothéose. Un roi qui voyait au-delà des flatteries contemporaines et qui, suivant la belle expression du poète, aspirait à un monument plus durable que l'airain, n'y trouvait-il pas tout ce qui pouvait satisfaire son orgueil, et populariser sa renommée en éternisant sa gloire[1] ?

On s'étonnera aussi que les détracteurs contemporains de ce dénouement n'y aient pas lu, de façon symbolique, et, certes, peut-être anachronique, le triomphe des puissances séculières[2] et de l'autorité publique sur le pouvoir religieux susceptible d'être dévoyé par de dangereux usurpateurs. L'accusation d'invraisemblance et de flagornerie[3] à l'égard du pouvoir ne s'efface-t-elle pas d'elle-même à la lumière d'une telle lecture ? En effet, une pareille interprétation ne manque pas de flatter nos esprits habitués à la grandeur républicaine et aux vertus laïques qui l'escortent... Quoi qu'il en soit, la nécessité est souvent l'inspiratrice du génie, et tout en fermant la bouche à ses puissants ennemis Molière, incontestablement, a su donner à la conclusion de son chef-d'œuvre controversé une majesté qui, jusqu'alors, était l'apanage de la tragédie.

Une œuvre subversive dans une conjoncture partisane

Revenons aux circonstances de la réception de l'ouvrage. Les aléas qui ont marqué la genèse de la pièce et infléchi le processus de sa création dramatique – dont on ignore le détail, le texte des deux premières versions ayant disparu – nous renseignent

1. *Le Tartuffe* de Molière, par Charles Guillaume Étienne et Jules Antoine Taschereau, C.L.F. Panckoucke, 1824.
2. ***Séculières*** : qui appartiennent à la vie laïque (par opposition à la vie ecclésiastique).
3. ***Flagornerie*** : flatterie.

aussi sur sa force subversive. Après les épisodes de la Fronde[1], si le climat idéologique des années 1660 est encore propice à la coexistence de multiples factions et à l'esprit de coterie – la jeunesse du monarque ne permettant pas encore d'asseoir une unité harmonieuse dans le royaume éprouvé par les troubles civils –, *Le Tartuffe* ne réunit pas moins contre lui une multitude impressionnante d'ennemis. La conjoncture encore instable explique en partie ces offensives variées, mais il est aussi permis de penser que la pièce les doit à une audace politique et idéologique sans précédent dans la carrière du dramaturge. Paul Bénichou formule cette hypothèse dans son chapitre de *Morales du Grand Siècle* (1970) consacré à l'auteur :

> [...] les porte-parole les plus divers du christianisme au XVIIe siècle, quel que fût leur caractère ou celui de leur secte, ont jugé *Le Tartuffe* dangereux. On peut discuter à perte de vue sur les intentions de Molière, mais le fait est qu'il a mis d'accord contre lui des jésuites[2] comme Bourdaloue, des jansénistes[3] comme Baillet, les espions militants de la Compagnie du Saint-Sacrement, qui n'était spécialement ni

1. ***Fronde*** (1648-1652) : période de crise en France, pendant la régence d'Anne d'Autriche et de son ministre Mazarin, marquée par l'opposition de la noblesse aristocratique et des parlementaires au pouvoir royal. Ces événements qui surviennent alors que Louis XIV est encore mineur impressionnent durablement ce dernier.

2. ***Jésuites*** : membres de la Compagnie de Jésus, congrégation fondée en 1534 par l'Espagnol Ignace de Loyola (1491-1556) ; celle-ci joue un rôle capital dans le mouvement de la Contre-Réforme catholique qui, aux XVIe et XVIIe siècles, entend lutter contre les progrès du protestantisme.

3. Le jansénisme est un courant religieux né au début du XVIIe siècle d'une volonté de Jansénius, évêque d'Ypres, et de l'abbé de Saint-Cyran de réformer la religion catholique en puisant aux sources mêmes des Saintes Écritures et en s'inspirant de la théorie augustinienne de la grâce. Pour les jansénistes, l'homme a hérité du péché d'Adam et ne peut à lui tout seul prétendre faire son salut. La grâce est le fruit de la volonté gratuite de Dieu et ne dépend aucunement de la nature des actes commis par l'homme. Seuls les élus de Dieu sont sauvés en vertu de sa volonté gratuite et imprédictible. C'est la théorie de la prédestination, dite aussi de la grâce efficace.

jésuite ni janséniste, des hommes comme Bossuet et Lamoignon, qui représentaient sous sa forme la plus générale la sévérité du christianisme[1].

Une dérision tournée vers tous les fronts religieux

La postérité a eu tendance à réduire la portée satirique de la pièce à la seule cible de la Compagnie du Saint-Sacrement de l'Autel, leurs représentants ayant été, il est vrai, les plus virulents dans la cabale contre Molière. Mais un bref examen des ridicules ou des manies de Tartuffe nous permet de cerner la pluralité des destinataires visés par la pièce. Les attaques consistent souvent en des allusions ou références qui, pour être décryptées, nécessitent que soient rappelées quelques querelles dogmatiques et notions de théologie ayant cours à l'époque. Véritables clés de lecture pour le lecteur contemporain du Grand Siècle, l'évidence de leur pointe ironique s'est émoussée pour le public moderne. Dès le portrait qu'Orgon esquisse de son hôte, à la scène 5 de l'acte I, l'anecdote désopilante de la mortification que Tartuffe se serait infligée après avoir tué une puce par mégarde est une allusion à un certain Saint-Macaire, évoqué par le père Caussin dans *La Cour sainte* (1647), comme un exemple de sévérité. Le saint homme y est cité pour s'être astreint à une durable retraite après avoir écrasé par inadvertance un moucheron. L'auteur de l'ouvrage étant un membre éminent de la Compagnie de Jésus[2], renommé – une fois n'est pas coutume – pour son inflexible austérité, Molière épingle par ce biais la futilité de certains accès rigoristes[3]. Sans doute entend-il également brocarder à l'occasion les excès d'un catholicisme qui, dans l'esprit de la Contre-Réforme, canonise à tout va et exhibe saints et martyrs dans un esprit de prosélytisme forcené.

---

1. Paul Bénichou, *Morales du Grand Siècle*, Gallimard, 1970, rééd. coll. « Folio », 1988.

2. Voir note 2, p. 13.

3. ***Accès rigoristes*** : excès délibérés d'austérité et de sévérité morale.

Dans le même registre, la célébrissime « scène du mouchoir » (acte III, scène 2) ne prend toute son acidité qu'à la lumière d'une circonstance éditoriale particulière. La feinte pudibonderie et la concupiscence outragée de Tartuffe, qui confèrent toute sa force comique à la scène, sont aussi un reflet des débats relatifs aux mœurs du temps. En 1675 a paru, signé de la main de l'abbé Jacques Boileau, frère de Nicolas Boileau, auteur des *Épîtres* et théoricien du classicisme, un ouvrage de morale intitulé *De l'abus des nudités de gorge* qui, doctement, proscrit le décolleté chez les femmes, tout particulièrement dans les églises. « Les personnes pieuses et dévotes conçoivent de l'indignation à la vue de ses nudités et sont contraintes de refuser leur approbation à une mode si opposée à la piété et à l'esprit du christianisme », peut-on lire sous la plume de l'abbé. Et cette remarque, toute pénétrée de modération édifiante, éclaire soudain de troublante façon la tapageuse indignation de Tartuffe. La réprobation que suscite le décolleté de Dorine chez Tartuffe fait écho aux reproches que l'ombrageuse Mme Pernelle a distribués aux membres de la maisonnée dans la virevoltante scène d'exposition. C'est tout le train de vie de sa belle-fille et de ses petits-enfants qui l'indispose : le rythme des visites, la coquetterie affichée, les dépenses du ménage, etc. – autant de traits qui évoquent l'austérité de la morale janséniste.

C'est donc également une valse de sarcasmes que, comme Mme Pernelle, Molière orchestre à l'intention de toutes les chapelles de son temps. Après les excès du jansénisme, c'est aux principes de la morale casuiste[1] – qui prônent un relâchement et un assouplissement des prescriptions et devoirs chrétiens – qu'il s'en prend très explicitement dans la fameuse scène 5 de l'acte IV.

---

1. La ***morale casuiste***, ou casuistique, est une discipline théologique qui consiste en l'étude de problèmes moraux et des cas de conscience particuliers qu'elle cherche à résoudre de façon accommodante. Les jésuites s'y sont tout particulièrement consacrés.

Tartuffe, qui souhaite en effet apaiser les scrupules d'Elmire lorsqu'elle prétend consentir à son amour pour mieux le démasquer, lui vante les mérites de la direction d'intention[1] :

> Selon divers besoins, il est une science
> D'étendre les liens de notre conscience,
> Et de rectifier le mal de l'action
> Avec la pureté de notre intention (v. 1489-1492).

Pour lui-même, l'amoureux a su recourir aux bénéfices de cette indulgente méthode : du moment où il a reconnu en Elmire les reflets de la perfection divine, il a conçu que « sa passion [pouvait] n'être point coupable », et qu'il était possible de « l'ajuster avecque la pudeur » (v. 950-951).

Quelques scènes plus loin, c'est la « restriction de conscience » qui est mise à l'index, à l'occasion de l'histoire de la cassette qu'Orgon a confiée à Tartuffe par « un motif de cas de conscience » (v. 1585). Cette pratique, aussi appelée « restriction mentale », consiste à se ménager la possibilité de nier un fait qu'on vous attribue, sans pour autant se rendre coupable de mensonge ou de parjure, en se concentrant essentiellement sur la négation d'une des circonstances de l'action commise. En l'espèce, parce qu'il a confié la cassette à Tartuffe, Orgon pourra, sans attenter à la vérité, dire qu'elle n'est pas en sa possession. Tel est l'argument dont se sert le directeur de conscience pour engager son protecteur à lui confier le précieux dépôt. Sous couvert de soulager la conscience de son prochain, Tartuffe se glisse ici habilement dans les habits du maître chanteur. Le machiavélisme du faux dévot atteint un tel raffinement qu'on imagine assez bien qu'il ait pu froisser quelques bonnes âmes ! L'alliance de l'intelligence et du crime ne va jamais sans inquiéter…

---

1. Allusion à la méthode jésuite de la « direction d'intention » : elle consiste à donner à un acte qui revêt la dimension d'un péché une intention pure, laquelle rachète en partie l'action commise.

Dans le sillage de Pascal, dont les satiriques *Provinciales*[1] ont déjà dénoncé ces douteux accommodements avec les rigueurs de la foi, Molière fustige à son tour la doctrine jésuitique en la peignant sous les couleurs de la malveillance.

Sous la charge de la satire, les enjeux politiques

Ses traits, on le voit, bien loin de se concentrer sur une cible unique, raillent la grande diversité de la scène religieuse de l'époque. Ostentation catholique, austérité janséniste et laxisme des jésuites, toutes ces tendances hétéroclites, voire adverses dans le monde religieux du XVIIe siècle, sont campées en un seul et même personnage : Tartuffe. Si l'artifice d'une telle synthèse dramatique peut surprendre (et il n'a pas manqué de désarçonner les adversaires de Molière), il a l'avantage de situer très précisément son auteur sur l'échiquier politique du moment en soulignant les enjeux de la pièce. La ligne de fracture que dessine notre zélé parasite au sein des personnages reproduit les dichotomies de la société du XVIIe siècle. Du côté de Tartuffe, de Mme Pernelle et de la dupe Orgon, les partisans spécieux d'une morale archaïque qui proscrit les divertissements et le plaisir et que représentent les partis dévots soutenus par l'ancienne cour, la reine mère et Bossuet. Du côté d'Elmire et de Cléante, une philosophie de vie raisonnable et affranchie du joug de la culpabilité, qui, à l'image des amours du jeune roi avec Mlle de La Vallière, entend profiter du bonheur de la jeunesse et faire un peu confiance aux lois de la nature.

Molière n'a qu'un ennemi : le censeur, le contempteur du théâtre, quelle que soit son obédience. Il se trouve que, par bonheur, ce censeur est aussi l'esprit chagrin qui réprouve la licence amoureuse du jeune monarque et son goût des divertissements

1. Parues en 1656-1657 sous le pseudonyme de Louis de Montalte, *Les Provinciales* sont constituées de dix-huit lettres dans lesquelles Pascal prend la défense des jansénistes et raille les positions défendues par les jésuites.

fastueux. Les deux hommes feront alliance et, patiemment, l'autorité alliée au génie imposera le silence aux chantres de la dévotion. Et n'est-il pas en réalité tout à l'honneur de Molière d'avoir compris, comme le résume Charles Guillaume Étienne, « qu'il avait besoin de flatter son maître pour avoir le droit de ne pas flatter son siècle[1] » ?

Un immortel ouvrage

Le Tartuffe ou le secret de l'éternelle jouvence

Puisque la dimension satirique de la pièce est étroitement liée aux circonstances politiques et aux déchirements des partis religieux de l'époque, d'où vient que le chef-d'œuvre de Molière ait conservé toute son efficacité dramatique au fil des siècles ? En effet, rappelons que depuis la levée de son interdiction en 1669, où elle fut jouée pour la première fois sous la forme qu'on lui connaît aujourd'hui, on dénombre plus de trois mille cinq cents représentations du *Tartuffe* à la seule Comédie-Française, selon une proportion croissante au fil des siècles. Au XXe siècle, ce sont près de vingt mille représentations, toutes scènes confondues, qui font de cette grande comédie un classique intemporel. Si le scandale et la polémique ont pu en leur temps contribuer à l'engouement du public, on s'étonne aujourd'hui de la permanence de son succès.

Dans son *Dictionnaire égoïste de la littérature française*, Charles Dantzig nous fournit quelques éléments d'explication : « Alors

1. *Le Tartuffe* de Molière, par Charles Guillaume Étienne et Jules Antoine Taschereau, éd. cit.

que dans ses autres pièces, les personnages sont une chose et une seule, statuettes qui disent ce qu'on attend d'elles en claquant de leur petite mâchoire en bois, Tartuffe est nuancé, sinueux, moiré, surprenant, dangereux, et là, bien plus que dans *Dom Juan*, on frôle l'abîme[1]. » À en croire le critique contemporain, le pouvoir de fascination de cette pièce tiendrait donc à la complexité de son personnage-titre, à ce mélange de séduction fatale, d'impunité morale et de feinte austérité qui, tour à tour, le rend veule et admirable, qui tantôt nous le présente sous les traits d'un habile mystificateur[2], tantôt sous ceux d'un odieux écornifleur[3]. Tissée dans une ondoyante étoffe, pour filer la métaphore de Charles Dantzig, la trame de cette âme noire n'en finit pas de prendre au piège de son épais mystère et de ses sombres fibres les générations successives de lecteurs/spectateurs. Ce n'est donc pas tant le sujet de l'œuvre, la fausse dévotion, rapidement caduque au regard de la conjoncture idéologique, que le dépositaire de ce vice, le caractère même de l'hypocrite, qui fonde l'immortelle actualité de la pièce.

Dans sa notice sur *Le Tartuffe*, Charles Guillaume Étienne souligne cette indémodable universalité du sujet de Molière, avec des accents où se mêlent l'élan de l'admiration reconnaissante et l'inquiétude janséniste :

> Le philosophe et l'auteur comique, l'honnête homme et le poète, voilà ce qu'on trouve dans l'auteur du *Tartuffe* : cet immortel ouvrage n'est pas seulement un monument pour les lettres, c'est un service rendu à l'humanité. [...] ses couleurs, loin de s'altérer par le temps, deviendront toujours plus vives et plus frappantes, parce que à mesure que le monde vieillit, la société se corrompt, et que l'hypocrisie des hommes sera toujours en proportion de leur égoïsme et de leur perversité.

---

1. Charles Dantzig, *Dictionnaire égoïste de la littérature*, *op. cit.*

2. ***Mystificateur*** : imposteur.

3. ***Écornifleur*** : parasite.

Creuset où viennent se mêler le talent de la contrefaçon et le plus effroyable cynisme, le vice hypocrite est une constante de l'âme humaine qui ne peut manquer d'intéresser, à titre moral, un public friand d'enseignements psychologiques.

Ambiguïté et richesse des interprétations

Une double tradition

De cette ambivalence, l'histoire des mises en scène de la pièce est l'illustration parfaite. Pendant plus de deux cents ans, elles sont essentiellement tributaires de la physionomie et du tempérament de l'acteur qui en interprète le rôle-titre. Depuis sa création, en effet, la pièce a principalement connu deux grandes lignes esthétiques : d'une part, le Tartuffe intempérant, « étalant la sensualité gourmande et adipeuse d'un pourceau de sacristie », d'autre part, « l'ascète prédateur », prêt, sous ses habits sombres et sa mine sévère, « à fondre sur ses victimes pour les dépecer[1] ». Si cette alternative a connu d'heureuses exceptions grâce, notamment, à l'interprétation d'un Coquelin aîné (dernier tiers du XIXe siècle) qui revendiquait un Tartuffe mystique et croyant, il faut néanmoins attendre le début du XXe siècle et l'avènement du metteur en scène pour que soit dépassée cette tradition manichéenne.

Jouvet, Planchon, Vitez, Lassale, Pitoiset, Braunschweig, Villégier, Mnouchkine...

Face à ce couple mystérieux du dupeur et de sa dupe, les metteurs en scène contemporains ont eu naturellement tendance à se répartir en deux camps : ceux dont l'attention s'est concentrée sur le sujet de l'imposture et ceux qui, au contraire, ont préféré

1. Jean Serroy, « Tartuffe ou l'autre », in *L'Autre au XVIIe siècle, Actes du quatrième colloque du Centre international de rencontres sur le XVIIe siècle*, Ralph Heyndels et Barbara Woshinsky, Guntar Narr Verlag, Tübingen, 1999.

examiner la victime de la tromperie et les causes de son extrême crédulité. Appartenant à la première famille, Louis Jouvet, qui monte la pièce à l'Athénée Théâtre en 1950, a été le premier à introduire une brèche dans l'interprétation de la pièce. Il entend restaurer l'humanité de Tartuffe en insistant sur ses sentiments amoureux. Son empathie le pousse même à justifier les noirs forfaits commis par le personnage en invoquant le dépit et l'humiliation qu'il éprouve : « Elmire provoque Tartuffe, lui parle "d'un cœur que l'on veut tout" et lui déclare qu'elle est prête à se rendre. Je sais bien que c'est pour démasquer l'imposteur, mais qui ne se laisserait prendre à ce jeu dès lors qu'il est amoureux ? Et que Tartuffe, bafoué dans son amour et – ce qui est pire – dans son amour-propre, se venge d'Orgon avec les armes qu'il a, c'est humain plus que monstrueux[1]. » Par un curieux effet de contamination, le metteur en scène semble amoindrir la noirceur de son personnage en recourant au fameux principe de la direction d'intention : Tartuffe n'est pas si coupable, puisqu'il agit malgré lui, en se contentant d'accepter ce qu'on lui offre : « Je défie le juge d'instruction le plus subtil de pouvoir trouver, au début de la pièce ou même au cours de l'action, "les sourdes menées" de l'intrus et le triple danger qui va fondre sur la maison. » Dans un décor froidement dépouillé, selon un parti pris janséniste clairement assumé, l'acteur incarne un homme visiblement désespéré, aux prises avec ses contradictions intimes, et que la foi semble avoir abandonné.

En 1973, aux antipodes de cette vision empreinte d'austérité, Roger Planchon propose une version de la pièce dans laquelle l'emprise exercée par Tartuffe sur Orgon s'explique par l'homosexualité de ce dernier. Ce thème inédit de l'inversion sexuelle d'un des personnages masculins s'inscrit dans une réflexion générale sur la dimension baroque de la pièce, le metteur en scène choisissant pour scénographe René Allio, qui réalise pour cette occasion un

1. Louis Jouvet, *Témoignages sur le théâtre*, Flammarion, 1952, rééd. 2002.

décor de riche hôtel bourgeois orné de meubles cossus et de lourdes tentures.

Dans la version de la pièce qu'il monte à Avignon en 1978, Antoine Vitez renoue lui aussi avec la veine d'un Tartuffe séducteur, mais en la poussant à son paroxysme. Il confie le rôle au beau Richard Fontana, que sa grâce déliée et pétillante dispose à incarner un personnage en tous points semblable au héros de *Théorème* (1968), le film de Pier Paolo Pasolini[1] : « Il y a pour moi une parenté fondamentale entre *Tartuffe* et l'admirable *Théorème* de Pasolini. La morale du film est ambiguë. Après tout, le jeune homme de *Théorème*, qu'a-t-il apporté au monde : la destruction ou l'espoir ? On ne le sait pas. Son passage est une catastrophe totale, et pourtant c'est peut-être mieux que s'ils étaient restés cette famille bourgeoise, sinistre. » Sans doute faut-il aussi lire dans cette analogie, que le metteur en scène décèle entre le cinéaste italien et le dramaturge classique, la volonté inconsciente de redonner à la pièce l'esprit de subversion décapant qui était le sien au Grand Siècle.

Jacques Lassalle déclinera une nouvelle fois, en 1985, au Théâtre national de Strasbourg, ce paradigme d'un Tartuffe mystérieux et irrésistible en confiant le rôle à un Gérard Depardieu émacié, presque féminin, mi-séducteur mi-voyou, dans la lignée des personnages qu'il a incarnés quelques années auparavant pour le cinéaste Bertrand Blier. Son charme insidieux semble révéler la part de perversité latente qui couve en chacun des membres de la maisonnée et pousse même Elmire dans les bras de son beau-fils, Damis.

Parmi les mises en scène plus récentes, on retiendra deux exemples illustrant l'autre tendance moderne : celle qui privilégie le cas d'Orgon. Pour la Comédie-Française, en 1998, Dominique Pitoiset choisit de camper un Tartuffe (Philippe Torreton) telle-

1. Ce film décrit le bouleversement suscité dans une famille de la grande bourgeoisie milanaise par l'arrivée d'un ténébreux et magnétique jeune homme qui inspire à chacun de ses membres une attirance charnelle irrépressible.

ment répugnant, le cheveu gras et l'œil torve, que son ignominie rejaillit sur Orgon. D'abord naïvement bon, le personnage, qu'interprète Jean Dautremay, est rapidement soupçonné d'être un imbécile heureux, une sorte de nigaud superlatif. Nu et fermé, l'espace ne présente aucune analogie avec un lieu d'habitation. Il baigne dans une lumière bleutée assez artificielle, qui évoque un *vivarium*[1] et, pour tout ameublement, ne dispose que de quelques chaises lilliputiennes, sans proportion commune avec les personnages. Des ouvertures malaisées, elles aussi trop petites, ou pratiquées à mi-hauteur des parois qui enserrent l'espace, suggèrent la gêne et la contrainte qui pèsent sur les personnages, en même temps qu'une source de surveillance possible.

Dans sa mise en scène pour le théâtre de l'Odéon, en 2008, Stéphane Braunschweig inscrit lui aussi le malaise familial au cœur du décor. Une transposition contemporaine fait évoluer les personnages dans l'intérieur moderne d'une grande salle dépouillée de tout ornement et percée de neuf grandes fenêtres qui laissent pénétrer la lumière du jour. Mais à deux reprises au cours de la pièce, au fur et à mesure que Tartuffe se fait plus menaçant, une habile machinerie fait descendre les protagonistes d'un niveau, comme si le décor s'enfonçait progressivement dans les fondations de la maison. La première fois, les fenêtres sont très en hauteur et ne dispensent plus qu'une lointaine lumière ; la seconde fois, l'espace représenté est celui d'un vaste sous-sol aveugle et lézardé. Dérangeant, ce dispositif semble suggérer une sorte de descente aux Enfers, dans les bas-fonds, ou de compromission morale qui, en s'accentuant, avilit les membres de la famille. Dans sa note d'intention, le metteur en scène explique clairement que, selon lui, le personnage principal de la pièce est Orgon. C'est quasiment en analyste qu'il se penche sur son cas, interrogeant tout particulièrement le passé de son sujet. Selon lui, la présence d'un

---

1. Voir Jean Serroy dans son édition du *Tartuffe*, Gallimard, coll. « Folio », 1999.

curieux parasite sous son toit est le symptôme d'une faille existentielle dont il a tôt fait, en digne héritier du magistère freudien, de trouver la cause dans la sexualité :

> La pièce est l'histoire de quelqu'un qui pense aller très bien sous l'emprise de Tartuffe, mais qui a en lui une faille que la pièce va ouvrir. La question est alors de savoir de quelle nature est cette faille, comment elle a été comblée avant, ce qui l'a causée, etc. [...] Si on se raconte que sa première femme, celle qui plaisait à Mme Pernelle, était une sorte de bigote, qu'il ne devait pas avoir une relation sexuelle très épanouie avec elle, et que devenu veuf il a choisi en Elmire une jeune femme avec un côté joyeux, sensuel, et que là tout d'un coup il est sous une emprise sexuelle, on peut penser que c'est ça qui déclenche la crise[1].

L'énigme profonde qui régit la relation d'Orgon et de Tartuffe n'a jamais cessé d'inspirer les metteurs en scène, mais à côté de ces versions délibérément psychologiques, il convient de citer deux autres adaptations qui, elles, tablent sur l'éternelle jeunesse politique de la pièce. La première en date est celle qu'Ariane Mnouchkine monte, en 1995, pour le festival d'Avignon. Fidèle à sa réputation d'engagement humaniste et féministe, l'artiste donne à la pièce une résonance universelle en assimilant le catholicisme hypocrite de Tartuffe aux différentes formes du fanatisme contemporain. Si l'islamisme radical est clairement visé à travers le décor et les costumes, le choix d'une distribution résolument internationale élargit le spectre de la comparaison. D'une façon générale, c'est l'ordre patriarcal des sociétés fondamentalistes que dénonce la présence sur scène des barbes fournies et des longues tuniques noires de l'autorité qu'arborent Tartuffe et ses acolytes.

Dans sa mise en scène pour l'Athénée Théâtre, en 1999, Jean-Marie Villégier a choisi de baigner *Le Tartuffe* dans la lumière rétro d'une France des années 1940 et dans l'harmonie en noir et

1. Dossier autour du *Tartuffe*, note d'intention de S. Braunschweig, TNS, SCÉREN, 2008.

blanc des films de Clouzot. Pour lui, loin d'être un espace intime, la demeure d'Orgon est le reflet de la société civile tout entière et abrite les soubresauts de toute une époque historique.

> Si *Le Tartuffe* que j'ai monté se situe dans un contexte politique qui nous est encore plus ou moins présent à l'esprit, c'est bien parce que la singularité de la pièce en 1664, singularité absolue dans le théâtre comique français de l'époque, beaucoup plus scandaleuse que tout ce que je pourrais faire aujourd'hui, c'est de parler politique sur une scène de théâtre, d'y aborder directement, sur un thème strictement contemporain, la question du pouvoir, de la relation entre pouvoir politique et pouvoir religieux. Pour retrouver l'aspect politique de la pièce, j'ai cherché une sorte d'équivalence à ce qu'a été la percée opérée par Molière lorsqu'il a écrit et joué *Le Tartuffe*. Tous les contemporains qui voient la pièce à l'époque connaissent le contexte général dans lequel s'inscrit cette affaire de famille. *Le Tartuffe* n'est pas simplement une comédie bourgeoise, la famille d'Orgon est le microcosme de la société civile tout entière, c'est une condensation métonymique de ce qui se passe à un niveau très global[1].

Syndrome de la réaction qui gangrène cette société d'avant-guerre, Tartuffe accompagne la montée du nazisme en France et annonce le tournant pétainiste du gouvernement pendant l'Occupation. Face au puritanisme bourgeois et sans avenir d'une Mme Pernelle, Damis incarnerait, lui, les forces vives du Front populaire. Dans cette logique, le dénouement met aux prises un Tartuffe aux allures de maréchal Pétain, avec des membres des FFI[2], escorte accompagnant l'exempt du roi.

Qu'elles soient résolument idéologiques ou plus discrètement intimistes, ces nombreuses lectures traduisent l'inaltérable vita-

---

1. Propos de Jean-Marie Villégier, recueillis par Vital Philippot, http://www.fluctuat.net/scenes/interview/villeg.htm

2. ***FFI*** : Forces françaises de l'intérieur ; nom donné en 1944 à l'ensemble des groupements militaires de la Résistance intérieure française qui s'étaient constitués dans la France occupée.

lité du texte de Molière et l'incroyable plasticité de son personnage. Car, au-delà de ces transpositions référentielles, la grande force et le secret de l'éternelle jouvence que la pièce offre aux metteurs en scène ne résident-ils pas, en définitive, dans sa puissante théâtralité ?

Le triomphe du théâtre

Pour en revenir à la lettre du texte qu'ont parfois tendance à nous faire négliger – quelque mérite qu'on leur reconnaisse – les mises en scène successives de ces dernières décennies, il apparaît en effet que la grande originalité de l'œuvre réside dans l'incroyable cohérence de sa forme esthétique et de son contenu dramatique. La tradition littéraire a beaucoup insisté sur le fait que Molière avait donné à sa pièce les grands atours du classicisme : composition en cinq actes, versification parfaite, strict respect des règles des trois unités, de la bienséance et de la vraisemblance, etc. En confiant à la comédie un sujet aussi grave que les dévoiements de la religion, il s'est attaché à imposer sa noble conception du genre, et à la hausser un peu plus dans l'échelle de la hiérarchie littéraire, vers le plus haut degré du prestige tragique. Mais la grandeur du *Tartuffe* et la durable fascination qu'elle exerce excèdent ce classicisme de pure forme. Ces considérations poétiques ne doivent pas occulter un autre prodige : Molière coule dans son drame même, dans l'argument proprement dit de sa pièce, les éléments de sa démonstration en faveur de la comédie. Bien plus efficace qu'un art poétique, la *mimesis* théâtrale met ici toute son efficacité au service de la légitimité du genre comique.

Dès le début de la pièce, le spectateur pressent en effet que, dans cette comédie, il ne sera pas le seul à rire. La virtuosité de la scène d'exposition rythmée par le verbe haut et la chorégraphie endiablée de Mme Pernelle – qui agit en maître de ballet – laisse apparaître un dispositif de théâtre dans le théâtre : les cinq personnages assemblés sur scène autour de cet acariâtre barbon femelle sont les spectateurs amusés de son emportement et de ses mauvais jeux de mots.

Au cours de l'acte suivant, à la scène 3 de l'acte II, Dorine donne à Mariane ce que l'on pourrait appeler une « comédie de la résignation » : elle feint de se ranger à l'idée d'un mariage de Mariane avec Tartuffe pour mieux peindre à sa jeune maîtresse ses conditions d'existence prochaine en province, au côté de ce mari « qui ne se mouche pas du pied » (v. 643). Après avoir vainement tenté, par ses paroles d'exhortation, de faire sortir Mariane de sa passive timidité et de sa « pudeur de fille », la servante choisit cet ultime recours diablement efficace si l'on en juge par la réaction de Mariane (v. 673). Il est même tentant d'interpréter la velléité de départ de Mariane comme une feinte réciproque, un moyen d'obtenir l'aide de Dorine, sourde à ses supplications. L'efficacité du jeu est telle que les uns et les autres s'entraînent mutuellement à y recourir ; le théâtre est contagieux.

On pourrait multiplier les exemples au fil de la pièce. La scène suivante du dépit amoureux entre Valère et Mariane est bien une nouvelle illustration de la propension du théâtre à investir tous les types de situation affective. La réponse incertaine de Mariane à Valère concernant ses intentions projette les deux amants dans une surenchère de mauvaise foi. Son prétendant feint en retour de lui conseiller d'accepter Tartuffe pour époux, et elle prétend suivre ce conseil. Pour finir, il évoque pour lui-même d'autres projets de mariage. Pour Mariane, timide et résignée, cette fausse rupture, dont Dorine est la spectatrice amusée, est une école de la volonté qui l'engage à prendre ses responsabilités.

Mais le suprême exemple est bien entendu magistralement dispensé par le trio Elmire, Tartuffe et Orgon, réunis dans la scène 5 de l'acte IV. Dans cette réplique inversée de la scène 3 de l'acte III, c'est Elmire – dont le nom est, notons-le à la suite de Jean Serroy, quasiment l'anagramme de Molière – qui joue le rôle de metteur en scène, place ses acteurs (Orgon sous la table), leur donne une consigne claire, organise le décor, arrange les accessoires et le mobilier sur la scène. Par son génie de la mise en scène mais aussi du jeu, elle parvient, même si elle manque le payer de sa personne, à démasquer le faux dévot, et à révéler sa nature brutale d'homme sensuel et hédoniste[1]. N'était-ce la péripétie de la cassette, c'est cet artifice théâtral qui aurait dû confondre définitivement l'imposteur. Molière ne diffère ce moment que pour mieux le servir, puisqu'il confiera au dernier acte, à la figure du roi en personne, le privilège d'anéantir Tartuffe.

In fine, *Le Tartuffe* doit son inlassable succès et son incontestable supériorité comique sur les autres œuvres de Molière au fait que cette pièce met en scène le triomphe du théâtre bien plus que la défaite d'un faux dévot. C'est en retournant contre lui ses propres armes – la feinte, le jeu, le théâtre dans le théâtre – qu'Elmire, Dorine, Cléante et consorts ont raison de l'odieux Tartuffe ; ils le jouent et le raillent comme lui s'est joué d'Orgon. Tout le génie dramaturgique de Molière est d'avoir conçu une pièce où seule la comédie peut triompher du vice moral, démontrant par là même la légitimité morale et la grandeur d'un genre souvent méprisé au profit exclusif de la tragédie.

Profession de foi dans les vertus de la *vis comica* (force comique), la pièce tout entière peut se lire comme le combat victorieux des forces du théâtre comique liguées contre la malfaisance inquiétante des vices humains. En effet, incarnées par Tartuffe, la fourberie et l'hypocrisie auraient pu, si elles avaient triomphé, faire définitivement verser la pièce dans une tonalité tragique. Dans bien des scènes, l'ambivalence du personnage inspire un rire jaune et une gêne amusée, mais les forces vives de la pièce et la puissante efficacité du théâtre en font taire le ricanant écho.

---

1. ***Hédoniste*** : dont le principe philosophique est la recherche du plaisir et de la satisfaction sensuelle.

CHRONOLOGIE

1622 1673

1622 1673

■ **Repères historiques et culturels**

■ **Vie et œuvre de l'auteur**

Repères historiques et culturels

1617 Début du règne personnel de Louis XIII.

1624 Richelieu devient ministre du roi.

1627-1629 Guerre contre les protestants.

1628 Théories de Harvey sur la circulation sanguine.

1629 Pierre Corneille, *Mélite*.
Fondation de la Compagnie du Saint-Sacrement de l'Autel (parti dévot).

1632 Rembrandt, *La Leçon d'anatomie*.

1633 Galilée doit renier ses thèses sur la rotation de la Terre.

1634 Richelieu fonde l'Académie française.
Corneille, *Médée*.
La France s'engage dans la guerre de Trente Ans (1618-1648) contre l'empire des Habsbourg.

1634-1639 Richelieu fait construire le Palais-Cardinal, qui deviendra le Palais-Royal.

1636 Corneille, *Le Cid*.

1637 Descartes, *Discours de la méthode*.

1638 Naissance du futur Louis XIV, fils de Louis XIII et d'Anne d'Autriche.

1640 Corneille, *Horace*, *Cinna*.
La communauté janséniste se regroupe au couvent de Port-Royal-des-Champs. Jansenius, *L'Augustinus*.

1641 D'Ouville, *Les Fausses Vérités* (source possible de la comédie du *Tartuffe*).

Vie et œuvre de l'auteur

1622 Naissance à Paris de Jean-Baptiste Poquelin.

1631 Achat par son père de la charge de tapissier du roi.

1632 Mort de sa mère.

1633-1639 Scolarité au collège de Clermont (l'actuel lycée Louis-le-Grand). Fréquentation des futurs libertins (Bernier, Cyrano de Bergerac).

1640-1642 Études de droit à Orléans et rencontre avec Madeleine Béjart.

Repères historiques et culturels

1642 Mort de Richelieu.
Condamnation de la doctrine janséniste par l'Église.
Fondation de la congrégation de Saint-Sulpice par le curé Olier, hostile à la troupe de Molière.
Corneille, *Polyeucte*, *Le Menteur.*

1643 Mort de Louis XIII. Début de la régence d'Anne d'Autriche et de Mazarin.
Bataille de Rocroi : victoire de la France sur l'Espagne.

1644 Torricelli invente le baromètre à mercure.

1647 Expériences de Pascal sur le vide.

1648 Les traités de Westphalie mettent fin à la guerre de Trente Ans : la France gagne l'Alsace sur l'Allemagne.

1648-1652 La Fronde, révolte parlementaire puis aristocratique. Le pouvoir royal en sort renforcé.

1652 Les Italiens Cicognini et Gilberto adaptent la pièce de Tirso de Molina (inspirateurs probables du *Dom Juan* de Molière).

1653 Nouvelle condamnation du jansénisme par le pape.

1654 Sacre de Louis XIV.

1655 Scarron, *Les Hypocrites*.

1656 Pascal, *Lettres provinciales* (défense des théories jansénistes et satire des pratiques casuistes des jésuites). Fondation, par la Compagnie du Saint-Sacrement de l'Autel, de l'Hôpital général, destiné à recueillir les indigents.

1657 Cyrano de Bergerac, *Le Voyage dans la Lune.*
D'Aubignac, *La Pratique du théâtre.*

Vie et œuvre de l'auteur

1643 Jean-Baptiste renonce à l'héritage de la charge paternelle de tapissier et fonde l'Illustre-Théâtre avec les Béjart.

1644-1645 Il prend le nom de Molière. L'aventure de l'Illustre-Théâtre s'achève sur une faillite : Molière est emprisonné pour dettes.

1645 Les acteurs quittent Paris et rejoignent la troupe de Dufresne : début des tournées en province.

1653 La troupe reçoit la protection du prince de Conti.

1654 *L'Étourdi* (comédie d'intrigue).

1656 *Dépit amoureux* (farce).

1657 Le prince de Conti retire son patronage à la troupe.

Repères historiques et culturels

1659 Le traité des Pyrénées met fin aux hostilités entre la France et l'Espagne.
Corneille, *Œdipe*.

1661 Mort de Mazarin et début du règne personnel de Louis XIV.
Début de la construction du château de Versailles. Disgrâce de Fouquet.

1663 Le roi distribue des pensions aux hommes de lettres.

1664 Persécution des jansénistes et dispersion des religieuses de Port-Royal de Paris.
Racine, *La Thébaïde* (tragédie).
7 au 14 mai : *Les Plaisirs de l'Île enchantée*, fêtes somptueuses données à Versailles par le roi en l'honneur de Louise de La Vallière, qui marquent les débuts du règne du Roi-Soleil.

1665 La Rochefoucauld, *Maximes et réflexions diverses*.
Dissolution de la Compagnie du Saint-Sacrement de l'Autel.
Peste de Londres.

1666 Mort d'Anne d'Autriche, mère du roi, et du prince de Conti.
Fondation de l'Académie royale des sciences.

Vie et œuvre de l'auteur

1658 Retour à Paris : le roi s'amuse à la farce du *Docteur amoureux* et accorde à Molière la salle du Petit-Bourbon.

1659 *Le Médecin volant* (farce), *Les Précieuses ridicules* (comédie).

1660 *Sganarelle ou le Cocu imaginaire* (farce). Molière s'installe dans la salle du Palais-Royal, qu'il occupera jusqu'à sa mort.

1661 *Dom Garcie de Navarre* (tragi-comédie), *L'École des maris* (comédie), *Les Fâcheux* (première comédie-ballet).

1662 Mariage avec Armande Béjart. *L'École des femmes* (première grande comédie de mœurs et de caractères).

1663 Querelle de *L'École des femmes*. Molière répond à ses détracteurs dans deux comédies critiques : *La Critique de l'École des femmes* et *L'Impromptu de Versailles*.
Le roi accorde une subvention de 1 000 livres à la troupe.

1664 Son fils Louis meurt quelques mois après sa naissance.
Louis XIV en était le parrain. *Le Mariage forcé*, *La Princesse d'Élide* (comédies-ballets).
12 mai : le premier *Tartuffe* – comédie en trois actes, montée lors des *Plaisirs de l'Île enchantée*, à Versailles – est aussitôt interdit et déclenche une véritable bataille orchestrée par la Compagnie du Saint-Sacrement de l'Autel.

1665 *Dom Juan* (grande comédie).
Naissance d'Esprit Madeleine, fille de Molière.
Louis XIV prend la troupe sous son patronage et lui accorde une pension de 6 000 livres.
L'Amour médecin (comédie-ballet).

1666 Molière souffre d'une fluxion de poitrine. *Le Misanthrope* (grande comédie), *Le Médecin malgré lui* (farce), *Mélicerte* (comédie-ballet).
Querelle de la moralité au théâtre : Molière est vivement attaqué.

Repères historiques et culturels

1667 Début de la guerre de Dévolution, consécutive à la mort de Philippe IV, roi d'Espagne. Louis XIV et ses armées font le siège de Lille pour récupérer les territoires qui reviennent à Marie-Thérèse d'Autriche.
Racine, *Andromaque*.

1667-1668 Conquête de la Flandre (guerre de Dévolution).

1668 «Paix de l'Église» : trêve de la lutte contre les jansénistes.
La Fontaine, *Fables* (premier livre).

1669 Racine, *Britannicus*.

1670 Pascal, *Pensées*.

1672 Louis XIV s'installe à Versailles.

1672-1673 Conquête de la Hollande. Coalition européenne contre Louis XIV.

Vie et œuvre de l'auteur

1667 *Pastorale comique*, *Le Sicilien ou l'Amour peintre* (comédies-ballets) ; *L'Imposteur*, reprise légèrement édulcorée du *Tartuffe* et aussitôt interdite par la censure.
Le Tartuffe, remanié et rebaptisé *Panulphe, ou l'Imposteur,* est joué et aussitôt interdit par Mgr l'Archevêque de Paris, M. de Peréfixe.

1668 *Amphitryon* (comédie d'intrigue), *George Dandin* (comédie-ballet), *L'Avare* (grande comédie).

1669 Mort de Jean Poquelin, père de Molière.
5 février : une nouvelle et troisième version du *Tartuffe*, en cinq actes, est jouée en public et autorisée. La pièce fait un triomphe.
21 février : la pièce est jouée devant la reine.
6 juin : édition de la pièce chez l'imprimeur Riboud, avec sa préface et les trois Placets.
Monsieur de Pourceaugnac (comédie-ballet).

1670 *Les Amants magnifiques*, *Le Bourgeois gentilhomme* (comédies-ballets).

1671 *Psyché* (tragédie-ballet à grand spectacle), *Les Fourberies de Scapin* (farce), *La Comtesse d'Escarbagnas* (comédie-ballet).

1672 Mort de Madeleine Béjart.
Les Femmes savantes (grande comédie).
Naissance de son fils Pierre Armand ; il meurt dix jours plus tard.

1673 *Le Malade imaginaire* (comédie-ballet). Mort de Molière (17 février).

■ Frontispice du *Tartuffe* dans l'édition des *Œuvres de M. de Molière*, 1682 (dessin de Pierre Brissart, gravure de Jean Sauvé).

Le Tartuffe

ou l'Imposteur

Préface
(1669)

Voici une comédie dont on a fait beaucoup de bruit, qui a été longtemps persécutée, et les gens qu'elle joue[1] ont bien fait voir qu'ils étaient plus puissants en France que tous ceux que j'ai joués jusqu'ici. Les marquis, les précieuses, les cocus et les médecins ont souffert[2] doucement[3] qu'on les ait représentés, et ils ont fait semblant de se divertir, avec tout le monde, des peintures que l'on a faites d'eux ; mais les hypocrites n'ont point entendu raillerie[4] ; ils se sont effarouchés d'abord[5], et ont trouvé étrange que j'eusse la hardiesse de jouer leurs grimaces[6] et de vouloir décrier un métier[7] dont tant d'honnêtes gens se mêlent. C'est un crime qu'ils ne sauraient me pardonner, et ils se sont tous armés contre ma comédie avec une fureur épouvantable. Ils n'ont eu garde de l'attaquer par le côté qui les a blessés ; ils sont trop politiques[8] pour cela, et savent trop bien vivre pour découvrir le fond de leur

1. ***Qu'elle joue*** : dont elle se moque.
2. ***Ont souffert*** : ont supporté.
3. ***Doucement*** : sans emportement.
4. ***N'ont point entendu raillerie*** : n'ont point compris la plaisanterie.
5. ***D'abord*** : d'emblée.
6. ***Grimaces*** : fausses apparences, feintes.
7. ***Métier*** : le mot est employé de façon péjorative pour désigner ce que l'on a coutume de faire ; ici, le fait de vouloir passer pour un dévot.
8. ***Politiques*** : stratèges.

âme. Suivant leur louable coutume, ils ont couvert leurs intérêts de la cause de Dieu ; et *Le Tartuffe*, dans leur bouche, est une pièce qui offense la piété. Elle est, d'un bout à l'autre, pleine d'abominations, et l'on n'y trouve rien qui ne mérite le feu. Toutes les syllabes en sont impies ; les gestes, même, y sont criminels ; et le moindre coup d'œil, le moindre branlement de tête, le moindre pas à droite ou à gauche y cache des mystères qu'ils trouvent moyen d'expliquer à mon désavantage. J'ai eu beau la soumettre aux lumières de mes amis et à la censure de tout le monde, les corrections que j'y ai pu faire, le jugement du roi et de la reine, qui l'ont vue, l'approbation des grands princes[1] et de messieurs les ministres, qui l'ont honorée publiquement de leur présence, le témoignage des gens de bien[2], qui l'ont trouvée profitable, tout cela n'a de rien servi. Ils n'en veulent point démordre, et tous les jours encore, ils font crier en public des zélés[3] indiscrets[4] qui me disent des injures pieusement, et me damnent par charité.

Je me soucierais fort peu de tout ce qu'ils peuvent dire, n'était l'artifice[5] qu'ils ont de me faire des ennemis que je respecte, et de jeter dans leur parti de véritables gens de bien, dont ils préviennent la bonne foi[6], et qui, par la chaleur qu'ils ont pour les intérêts du ciel, sont faciles à recevoir les impressions[7] qu'on veut leur donner. Voilà ce qui m'oblige à me défendre. C'est aux vrais dévots que je veux partout me justifier sur la conduite de ma comédie ; et je les conjure, de tout mon cœur, de ne point condamner les choses avant que de les voir, de se défaire de toute

---

1. ***Grands princes*** : allusion au Grand Condé (voir note 1, p. 9), qui a donné quatre représentations privées du *Tartuffe*, et à Monsieur, frère du roi, chez qui a eu lieu une lecture de la pièce, en dépit de son interdiction.

2. ***Gens de bien*** : personnes honnêtes, animées de bonnes intentions.

3. ***Zélés*** : fanatiques, dévots.

4. ***Indiscrets*** : bruyants.

5. ***L'artifice*** : le procédé habile.

6. ***Préviennent la bonne foi*** : faussent le jugement.

7. ***Faciles à recevoir les impressions*** : influençables, facilement impressionnés.

prévention[1], et de ne point servir la passion de ceux dont les grimaces les déshonorent.

Si l'on prend la peine d'examiner de bonne foi ma comédie, on verra sans doute[2] que mes intentions y sont partout innocentes, et qu'elle ne tend nullement à jouer les choses que l'on doit révérer ; que je l'ai traitée avec toutes les précautions que demandait la délicatesse de la matière[3] et que j'ai mis tout l'art et tous les soins qu'il m'a été possible pour bien distinguer le personnage de l'hypocrite d'avec celui du vrai dévot. J'ai employé pour cela deux actes entiers à préparer la venue de mon scélérat. Il ne tient pas un seul moment l'auditeur en balance[4] ; on le connaît d'abord aux marques que je lui donne ; et, d'un bout à l'autre, il ne dit pas un mot, il ne fait pas une action, qui ne peigne aux spectateurs le caractère d'un méchant homme, et ne fasse éclater celui du véritable homme de bien que je lui oppose.

Je sais bien que, pour réponse, ces messieurs tâchent d'insinuer que ce n'est point au théâtre à parler de ces matières ; mais je leur demande, avec leur permission, sur quoi ils fondent cette belle maxime. C'est une proposition qu'ils ne font que supposer, et qu'ils ne prouvent en aucune façon ; et, sans doute, il ne serait pas difficile de leur faire voir que la comédie[5], chez les Anciens, a pris son origine de la religion, et faisait partie de leurs mystères[6] ; que les Espagnols, nos voisins, ne célèbrent guère de fête où la comédie ne soit mêlée, et que, même, parmi nous, elle doit sa naissance aux soins d'une confrérie[7] à qui appartient encore aujourd'hui l'Hôtel

---

1. ***Prévention*** : préjugé.
2. ***Sans doute*** : sans aucun doute, assurément.
3. ***Matière*** : sujet.
4. ***En balance*** : dans le doute, dans l'incertitude.
5. ***La comédie*** : le théâtre.
6. ***Mystères*** : ici, cérémonies religieuses.
7. ***Confrérie*** : il s'agit de la confrérie des Frères de la Passion, fondée en 1402, qui avait obtenu, en 1548, le privilège de représenter à Paris, à l'Hôtel de Bourgogne, les mystères de la Passion et de la Résurrection. Au XVIIe siècle,

de Bourgogne ; que c'est un lieu qui fut donné pour y représenter les plus importants mystères de notre foi ; qu'on en voit encore des comédies imprimées en lettres gothiques sous le nom d'un docteur de Sorbonne[1] et, sans aller chercher si loin, que l'on a joué, de notre temps, des pièces saintes de Monsieur de Corneille[2], qui ont été l'admiration de toute la France.

Si l'emploi de la comédie est de corriger les vices des hommes, je ne vois pas par quelle raison il y en aura de privilégiés. Celui-ci est, dans l'État, d'une conséquence bien plus dangereuse que tous les autres, et nous avons vu que le théâtre a une grande vertu pour la correction. Les plus beaux traits[3] d'une sérieuse morale sont moins puissants, le plus souvent, que ceux de la satire ; et rien ne reprend mieux la plupart des hommes que la peinture de leurs défauts. C'est une grande atteinte aux vices que de les exposer à la risée de tout le monde. On souffre aisément des répréhensions[4] ; mais on ne souffre point la raillerie. On veut bien être méchant ; mais on ne veut point être ridicule.

On me reproche d'avoir mis des termes de piété dans la bouche de mon Imposteur. Eh ! pouvais-je m'en empêcher, pour bien représenter le caractère d'un hypocrite ? Il suffit, ce me semble, que je fasse connaître les motifs criminels qui lui font dire les choses, et que j'en aie retranché les termes consacrés, dont on aurait eu peine à lui entendre faire un mauvais usage. Mais il débite au quatrième acte une morale pernicieuse[5]. Mais cette morale est-elle

---

jusqu'en 1676, date de la dissolution de la confrérie, le théâtre fut loué par les Frères aux comédiens français.

1. ***Docteur de Sorbonne*** : il s'agit de Jehan Michel, médecin et auteur d'un *Mystère de la Résurrection* (1455) et d'un *Mystère de la Passion* (1490).

2. Corneille a écrit deux tragédies chrétiennes : *Polyeucte* (1643) et *Théodore, vierge et martyre* (1646).

3. ***Traits*** : actions caractéristiques.

4. ***Répréhensions*** : reproches, blâmes.

5. ***Morale pernicieuse*** : allusion à la morale casuiste (discipline théologique qui traite des cas de conscience), déjà brocardée pour son laxisme par Pascal dans les *Provinciales* (voir notes 1, p. 15, et 1, p. 17).

quelque chose dont tout le monde n'eût les oreilles rebattues? dit-elle rien de nouveau dans ma comédie? et peut-on craindre que des choses si généralement détestées fassent quelque impression dans les esprits? que je les rende dangereuses en les faisant monter sur le théâtre? qu'elles reçoivent quelque autorité de la bouche d'un scélérat? Il n'y a nulle apparence à cela; et l'on doit approuver la comédie du *Tartuffe*, ou condamner généralement toutes les comédies.

C'est à quoi l'on s'attache furieusement depuis un temps[1]; et jamais on ne s'était si fort déchaîné contre le théâtre. Je ne puis pas nier qu'il n'y ait eu des Pères de l'Église qui ont condamné la comédie; mais on ne peut pas me nier aussi qu'il n'y en ait eu quelques-uns qui l'ont traitée un peu plus doucement. Ainsi l'autorité dont on prétend appuyer la censure est détruite par ce partage; et toute la conséquence qu'on peut tirer de cette diversité d'opinions en des esprits éclairés des mêmes lumières, c'est qu'ils ont pris la comédie différemment, et que les uns l'ont considérée dans sa pureté, lorsque les autres l'ont regardée dans sa corruption, et confondue avec tous ces vilains spectacles qu'on a eu raison de nommer des spectacles de turpitude[2].

Et, en effet, puisqu'on doit discourir des choses et non pas des mots, et que la plupart des contrariétés[3] viennent de ne se pas entendre, et d'envelopper dans un même mot des choses opposées, il ne faut qu'ôter le voile de l'équivoque, et regarder ce qu'est la comédie en soi, pour voir si elle est condamnable. On connaîtra sans doute que, n'étant autre chose qu'un poème

---

1. Allusion au réveil de la polémique sur la moralité du théâtre : Nicole (1625-1695), janséniste de Port-Royal vient alors d'écrire un *Traité sur la comédie* (1666), et le prince de Conti (voir note 2, p. 9) est l'auteur d'un *Traité de la comédie et des spectacles selon la tradition de l'Église* (1667).

2. ***Spectacles de turpitude*** : expression empruntée à saint Augustin (354-430) et employée par Corneille dans sa préface à *Théodore* (1646) ; spectacles remplis d'indignité.

3. ***Contrariétés*** : malentendus.

ingénieux, qui, par des leçons agréables, reprend les défauts des hommes, on ne saurait la censurer sans injustice. Et si nous voulons ouïr[1] là-dessus le témoignage de l'Antiquité, elle nous dira que ses plus célèbres philosophes ont donné des louanges à la comédie, eux qui faisaient profession d'une sagesse si austère, et qui criaient sans cesse après les vices de leur siècle. Elle nous fera voir qu'Aristote a consacré des veilles au théâtre, et s'est donné le soin de réduire en préceptes l'art de faire des comédies[2]. Elle nous apprendra que de ses plus grands hommes[3], et des premiers en dignité, ont fait gloire d'en composer eux-mêmes, qu'il y en a eu d'autres qui n'ont pas dédaigné de réciter en public celles qu'ils avaient composées; que la Grèce a fait pour cet art éclater son estime par les prix glorieux et par les superbes théâtres dont elle a voulu l'honorer; et que dans Rome enfin, ce même art a reçu aussi des honneurs extraordinaires : je ne dis pas dans Rome débauchée, et sous la licence des empereurs, mais dans Rome disciplinée, sous la sagesse des consuls, et dans le temps de la vigueur de la vertu romaine.

J'avoue qu'il y a eu des temps où la comédie s'est corrompue. Et qu'est-ce que dans le monde on ne corrompt point tous les jours? Il n'y a chose si innocente où les hommes ne puissent porter du crime; point d'art si salutaire dont ils ne soient capables de renverser les intentions; rien de si bon en soi qu'ils ne puissent tourner à de mauvais usages. La médecine est un art profitable, et chacun la révère comme une des plus excellentes choses que nous ayons; et cependant il y a eu des temps où elle s'est rendue odieuse, et souvent on en a fait un art d'empoisonner les hommes. La philosophie est un présent du ciel : elle nous a été donnée pour porter nos esprits à la connaissance d'un Dieu

1. ***Ouïr*** : entendre.
2. Allusion à la *Poétique* d'Aristote. «Comédies» est ici entendu au sens de pièces de théâtre en général.
3. Scipion Émilien (v. 185-129 av. J.-C.) et Lélius (185-111 av. J.-C.), gouverneurs romains, sont censés avoir collaboré à l'œuvre de Térence (v. 190-159 av. J.-C.).

par la contemplation des merveilles de la nature ; et pourtant on n'ignore pas que souvent on l'a détournée de son emploi, et qu'on l'a occupée publiquement à soutenir l'impiété. Les choses même les plus saintes ne sont point à couvert de la corruption des hommes ; et nous voyons des scélérats qui, tous les jours, abusent de la piété, et la font servir méchamment aux crimes les plus grands. Mais on ne laisse pas pour cela de[1] faire les distinctions qu'il est besoin de faire. On n'enveloppe point dans une fausse conséquence la bonté des choses que l'on corrompt, avec la malice des corrupteurs. On sépare toujours le mauvais usage d'avec l'intention de l'art ; et comme on ne s'avise point de défendre[2] la médecine pour avoir été bannie de Rome[3], ni la philosophie pour avoir été condamnée publiquement dans Athènes[4], on ne doit point aussi vouloir interdire la comédie pour avoir été censurée en de certains temps. Cette censure a eu ses raisons, qui ne subsistent point ici. Elle s'est renfermée dans ce qu'elle a pu voir, et nous ne devons point la tirer des bornes qu'elle s'est données, l'étendre plus loin qu'il ne faut, et lui faire embrasser l'innocent avec le coupable. La comédie qu'elle a eu dessein d'attaquer n'est point du tout la comédie que nous voulons défendre. Il se faut bien garder de confondre celle-là avec celle-ci. Ce sont deux personnes de qui les mœurs sont tout à fait opposées. Elles n'ont aucun rapport l'une avec l'autre que la ressemblance du nom ; et ce serait une injustice épouvantable que de vouloir condamner Olympe, qui est femme de bien, parce qu'il y a une Olympe qui a été une débauchée. De semblables arrêts[5], sans doute, feraient un grand désordre dans le monde. Il n'y aurait rien par là qui

---

1. ***On ne laisse par pour cela de*** : on ne cesse pas pour autant de.

2. ***De défendre*** : d'interdire.

3. Dans son *Histoire naturelle*, Pline l'Ancien (23-79) rapporte que lorsque les Romains chassèrent les Grecs d'Italie, ils bannirent également les médecins.

4. Allusion au procès et à la condamnation de Socrate (470-399 av. J.-C.), accusé de dépraver la jeunesse athénienne.

5. ***Arrêts*** : jugements.

ne fût condamné ; et puisque l'on ne garde point cette rigueur à tant de choses dont on abuse tous les jours, on doit bien faire la même grâce à la comédie, et approuver les pièces de théâtre où l'on verra régner l'instruction et l'honnêteté.

Je sais qu'il y a des esprits[1] dont la délicatesse ne peut souffrir aucune comédie ; qui disent que les plus honnêtes sont les plus dangereuses ; que les passions que l'on y dépeint sont d'autant plus touchantes qu'elles sont pleines de vertu, et que les âmes sont attendries par ces sortes de représentations. Je ne vois pas quel grand crime c'est que de s'attendrir à la vue d'une passion honnête ; et c'est un haut étage de vertu que cette pleine insensibilité où ils veulent faire monter notre âme. Je doute qu'une si grande perfection soit dans les forces de la nature humaine ; et je ne sais s'il n'est pas mieux de travailler à rectifier et adoucir les passions des hommes que de vouloir les retrancher entièrement. J'avoue qu'il y a des lieux qu'il vaut mieux fréquenter que le théâtre ; et si l'on veut blâmer toutes les choses qui ne regardent pas directement Dieu et notre salut, il est certain que la comédie en doit être, et je ne trouve point mauvais qu'elle soit condamnée avec le reste. Mais, supposé, comme il est vrai, que les exercices de la piété souffrent des intervalles et que les hommes aient besoin de divertissement, je soutiens qu'on ne leur en peut trouver un qui soit plus innocent que la comédie. Je me suis étendu trop loin. Finissons par un mot d'un grand prince[2] sur la comédie du *Tartuffe*.

Huit jours après qu'elle eut été défendue[3], on représenta devant la Cour une pièce intitulée *Scaramouche ermite*[4] ; et le

---

1. Allusion probable au prince de Conti et à Nicole, dont les deux traités contre le théâtre ont paru peu de temps auparavant (voir note 1, p. 44).
2. Il s'agit sans doute du Grand Condé (voir note 1, p. 9), virulent défenseur de Molière contre son frère Conti.
3. ***Défendue*** : interdite.
4. ***Scaramouche ermite*** : il s'agit d'une pièce non conservée de la *commedia dell'arte* dans laquelle un ermite vêtu en moine s'introduit la nuit par une échelle dans la chambre d'une femme mariée.

roi, en sortant, dit au grand prince que je veux dire : « Je voudrais bien savoir pourquoi les gens qui se scandalisent si fort de la comédie de Molière ne disent mot de celle de *Scaramouche* » ; à quoi le prince répondit : « La raison de cela, c'est que la comédie de *Scaramouche* joue le ciel et la religion, dont ces messieurs-là ne se soucient point ; mais celle de Molière les joue eux-mêmes ; c'est ce qu'ils ne peuvent souffrir. »

Placets[1] au roi

Comme les moindres choses qui partent de la plume de Monsieur de Molière ont des beautés que les plus délicats ne se peuvent lasser d'admirer, j'ai cru ne devoir pas négliger l'occasion de vous faire part de ces placets, et qu'il était à propos de les joindre au Tartuffe, *puisque partout il y est parlé de cette incomparable pièce.*

Le libraire[2] au lecteur.

Premier placet[3] présenté au roi, sur la comédie du *Tartuffe*

Sire,

Le devoir de la comédie étant de corriger les hommes en les divertissant[4], j'ai cru que, dans l'emploi[5] où je me trouve,

1. ***Placets*** : requêtes adressées au roi ou à un ministre.
2. ***Libraire*** : imprimeur et libraire.
3. Ce placet a probablement été présenté au roi au début du mois d'août 1664 pour répondre aux attaques de l'abbé Roullé, curé de Saint-Barthélemy, auteur d'un libelle contre la pièce intitulé *Le Roi glorieux au monde, ou Louis XIV le plus glorieux de tous les rois du monde*.
4. Molière se réfère ici au principe de la comédie, hérité de l'Antiquité, selon lequel celle-ci doit « corriger les mœurs par le rire » : *castigare ridendo mores* (en latin).
5. En 1664, la troupe de Molière est officiellement celle de Monsieur (frère du roi). Elle deviendra troupe du roi un an plus tard.

je n'avais rien de mieux à faire que d'attaquer par des peintures ridicules les vices de mon siècle ; et comme l'hypocrisie, sans doute[1], en est un des plus en usage, des plus incommodes, et des plus dangereux, j'avais eu, Sire, la pensée que je ne rendrais pas un petit service à tous les honnêtes gens de votre royaume, si je faisais une comédie qui décriât les hypocrites, et mît en vue, comme il faut, toutes les grimaces[2] étudiées de ces gens de bien[3] à outrance, toutes les friponneries couvertes de ces faux-monnayeurs en dévotion, qui veulent attraper les hommes avec un zèle[4] contrefait et une charité sophistique[5].

Je l'ai faite, Sire, cette comédie, avec tout le soin, comme je crois, et toutes les circonspections[6] que pouvait demander la délicatesse de la matière[7] ; et pour mieux conserver l'estime et le respect qu'on doit aux vrais dévots, j'en ai distingué le plus que j'ai pu le caractère que j'avais à toucher[8] ; je n'ai point laissé d'équivoque, j'ai ôté ce qui pouvait confondre le bien avec le mal, et ne me suis servi dans cette peinture que des couleurs expresses et des traits essentiels qui font reconnaître d'abord[9] un véritable et franc hypocrite.

Cependant toutes mes précautions ont été inutiles ; on a profité, Sire, de la délicatesse de votre âme sur les matières de religion, et l'on a su vous prendre par l'endroit seul que vous êtes prenable, je veux dire par le respect des choses saintes : les tartuffes, sous main, ont eu l'adresse de trouver grâce auprès de Votre Majesté ; et les originaux enfin ont fait supprimer la copie, quelque innocente qu'elle fût, et quelque ressemblante qu'on la trouvât.

---

1. ***Sans doute*** : sans aucun doute, assurément.
2. ***Grimaces*** : fausses apparences, feintes.
3. ***Gens de bien*** : personnes honnêtes, animées de bonnes intentions.
4. ***Zèle*** : ardeur religieuse.
5. ***Sophistique*** : captieuse, trompeuse.
6. ***Circonspections*** : précautions.
7. ***Matière*** : sujet.
8. ***Toucher*** : peindre, traiter.
9. ***D'abord*** : d'emblée.

Bien que ce m'ait été un coup sensible que la suppression de cet ouvrage, mon malheur, pourtant, était adouci par la manière dont Votre Majesté s'était expliquée sur ce sujet ; et j'ai cru, Sire, qu'elle m'ôtait tout lieu de me plaindre, ayant eu la bonté de déclarer qu'elle ne trouvait rien à dire[1] dans cette comédie qu'elle me défendait[2] de produire en public.

Mais, malgré cette glorieuse déclaration du plus grand roi du monde et du plus éclairé, malgré l'approbation encore de Monsieur le légat[3], et de la plus grande partie de nos prélats, qui tous, dans les lectures particulières que je leur ai faites de mon ouvrage, se sont trouvés d'accord avec les sentiments de Votre Majesté ; malgré tout cela, dis-je, on voit un livre composé par le curé de ***[4], qui donne hautement[5] un démenti à tous ces augustes témoignages. Votre Majesté a beau dire, et Monsieur le légat et Messieurs les prélats ont beau donner leur jugement, ma comédie, sans l'avoir vue[6], est diabolique, et diabolique mon cerveau ; je suis un démon vêtu de chair et habillé en homme[7], un libertin[8], un impie digne d'un supplice exemplaire. Ce n'est pas assez que le feu expie en public mon offense, j'en serais quitte à trop bon marché ; le zèle[9] charitable de ce galant homme de bien n'a garde de demeurer là ; il ne veut point que j'aie de miséricorde auprès de Dieu, il veut absolument que je sois damné ; c'est une affaire résolue.

---

1. ***À dire*** : à redire.

2. ***Me défendait*** : m'interdisait.

3. Il s'agit du cardinal Chigi qui, envoyé par le pape en mission auprès de Louis XIV en août 1664, s'était fait lire publiquement *Le Tartuffe* à Fontainebleau, quelques semaines après la première représentation de la pièce à Versailles.

4. Il s'agit bien de Pierre Roullé, curé de Saint-Barthélemy (voir note 3, p. 49).

5. ***Hautement*** : catégoriquement.

6. ***Sans l'avoir vue*** : sans qu'il l'ait vue.

7. Molière reprend ici à la lettre les attaques de l'abbé Roullé dans son libelle.

8. ***Libertin*** : esprit fort qui ne respecte pas les choses sacrées.

9. ***Zèle*** : intérêt, empressement.

Ce livre, Sire, a été présenté à Votre Majesté, et, sans doute, elle juge bien Elle-même combien il m'est fâcheux de me voir exposé tous les jours aux insultes de ces messieurs ; quel tort me feront dans le monde de telles calomnies, s'il faut qu'elles soient tolérées ; et quel intérêt j'ai enfin à me purger[1] de son imposture, et à faire voir au public que ma comédie n'est rien moins que ce qu'on veut qu'elle soit. Je ne dirai point, Sire, ce que j'avais à demander pour ma réputation, et pour justifier à tout le monde l'innocence de mon ouvrage ; les rois éclairés comme vous n'ont pas besoin qu'on leur marque ce qu'on souhaite, ils voient, comme Dieu, ce qu'il nous faut, et savent mieux que nous ce qu'ils nous doivent accorder. Il me suffit de mettre mes intérêts entre les mains de Votre Majesté, et j'attends d'Elle, avec respect, tout ce qu'il lui plaira d'ordonner là-dessus.

SECOND PLACET
présenté au roi, dans son camp devant la ville de Lille en Flandre[2]

Sire,

C'est une chose bien téméraire à moi que de venir importuner un grand monarque au milieu de ses glorieuses conquêtes ; mais, dans l'état où je me vois, où trouver, Sire, une protection qu'au lieu où[3] je la viens chercher ? et qui puis-je solliciter contre l'autorité de la puissance qui m'accable[4], que la source de la puissance

1. ***Me purger*** : m'innocenter, me laver.
2. Ce second placet fut porté au roi pendant sa campagne de Flandre, par deux comédiens de la troupe, La Grange et La Thorillière, juste après la seconde interdiction de représenter le second *Tartuffe*, intitulé *Panulphe ou l'Imposteur*, en août 1667.
3. ***Qu'au lieu où*** : sinon au lieu où.
4. Il s'agit de Lamoignon, président chargé, en l'absence du roi, de la police et membre de la Compagnie du Saint-Sacrement, qui vient de décréter l'interdiction de la pièce.

et de l'autorité, que le juste dispensateur des ordres absolus, que le souverain juge et le maître de toutes choses ?

Ma comédie, Sire, n'a pu jouir ici des bontés de Votre Majesté. En vain je l'ai produite sous le titre de *L'Imposteur*, et déguisé le personnage sous l'ajustement d'un homme du monde[1] ; j'ai eu beau lui donner un petit chapeau, de grands cheveux, un grand collet, une épée[2], et des dentelles sur tout l'habit, mettre en plusieurs endroits des adoucissements, et retrancher avec soin tout ce que j'ai jugé capable de fournir l'ombre d'un prétexte aux célèbres originaux du portrait que je voulais faire : tout cela n'a de rien servi. La cabale[3] s'est réveillée aux simples conjectures qu'ils ont pu avoir de la chose. Ils ont trouvé moyen de surprendre[4] des esprits qui, dans toute autre matière, font une haute profession de ne se point laisser surprendre. Ma comédie n'a pas plutôt paru qu'elle s'est vue foudroyée par le coup d'un pouvoir qui doit imposer du respect ; et tout ce que j'ai pu faire en cette rencontre[5] pour me sauver moi-même de l'éclat de cette tempête, c'est de dire que Votre Majesté avait eu la bonté de m'en permettre la représentation, et que je n'avais pas cru qu'il fût besoin de demander cette permission à d'autres, puisqu'il n'y avait qu'Elle seule qui me l'eût défendue[6].

Je ne doute point, Sire, que les gens que je peins dans ma comédie ne remuent bien des ressorts[7] auprès de Votre Majesté, et ne

---

1. Dans la seconde version de la pièce, Tartuffe n'est plus un homme d'Église.

2. ***De grands cheveux, un grand collet, une épée*** : attributs traditionnels de l'homme laïc, par opposition au clerc (ou au dévot) qui porte la tonsure, le petit collet (col ou collerette) et qui n'a pas d'épée.

3. ***Cabale*** : complot ourdi par la Compagnie du Saint-Sacrement pour faire interdire la pièce.

4. ***Surprendre*** : induire en erreur, tromper.

5. ***En cette rencontre*** : en cette occasion, dans cette situation.

6. ***Qui me l'eût défendue*** : qui eût pu me refuser cette autorisation.

7. ***Ne remuent bien des ressorts*** : n'intriguent de bien des façons, ne recourent à bien des stratagèmes.

jettent dans leur parti, comme ils l'ont déjà fait, de véritables gens de bien, qui sont d'autant plus prompts à se laisser tromper qu'ils jugent d'autrui par eux-mêmes. Ils ont l'art de donner de belles couleurs[1] à toutes leurs intentions. Quelque mine qu'ils fassent, ce n'est point du tout l'intérêt de Dieu qui les peut émouvoir : ils l'ont assez montré dans les comédies qu'ils ont souffert[2] qu'on ait jouées tant de fois en public, sans en dire le moindre mot. Celles-là n'attaquaient que la piété et la religion, dont ils se soucient fort peu : mais celle-ci les attaque et les joue eux-mêmes[3], et c'est ce qu'ils ne peuvent souffrir[4]. Ils ne sauraient me pardonner de dévoiler leurs impostures aux yeux de tout le monde et, sans doute[5], on ne manquera pas de dire à Votre Majesté que chacun s'est scandalisé de ma comédie. Mais la vérité pure, Sire, c'est que tout Paris ne s'est scandalisé que de la défense[6] qu'on en a faite, que les plus scrupuleux en ont trouvé la représentation profitable, et qu'on s'est étonné que des personnes d'une probité si connue aient eu une si grande déférence pour des gens qui devraient être l'horreur de tout le monde et sont si opposés à la véritable piété dont elles font profession.

J'attends avec respect l'arrêt[7] que Votre Majesté daignera prononcer sur cette matière; mais il est très assuré, Sire, qu'il ne faut plus que je songe à faire des comédies, si les tartuffes ont l'avantage; qu'ils prendront droit par là de me persécuter plus que jamais, et voudront trouver à redire aux choses les plus innocentes qui pourront sortir de ma plume.

Daignent vos bontés, Sire, me donner une protection contre leur rage envenimée; et puissé-je, au retour d'une campagne si

---

1. ***Donner de belles couleurs*** : justifier, donner de louables motifs.
2. ***Qu'ils ont souffert*** : qu'ils ont toléré, qu'ils ont supporté.
3. ***Les joue eux-mêmes*** : se moque d'eux.
4. ***Souffrir*** : supporter, tolérer.
5. ***Sans doute*** : sans aucun doute, assurément.
6. ***Défense*** : interdiction.
7. ***Arrêt*** : jugement.

glorieuse, délasser Votre Majesté des fatigues de ses conquêtes, lui donner d'innocents plaisirs après de si nobles travaux, et faire rire le monarque qui fait trembler toute l'Europe !

TROISIÈME PLACET[1] présenté au roi

Sire,

Un fort honnête médecin[2], dont j'ai l'honneur d'être le malade, me promet, et veut s'obliger par-devant notaires, de me faire vivre encore trente années, si je puis lui obtenir une grâce de Votre Majesté. Je lui ai dit, sur sa promesse, que je ne lui demandais pas tant, et que je serais satisfait de lui, pourvu qu'il s'obligeât de ne me point tuer. Cette grâce, Sire, est un canonicat[3] de votre chapelle royale de Vincennes, vacant par la mort de ***.

Oserais-je demander encore cette grâce à Votre Majesté le propre jour de la grande résurrection de *Tartuffe*, ressuscité par vos bontés ? Je suis, par cette première faveur, réconcilié avec les dévots, et je le serais, par cette seconde, avec les médecins. C'est pour moi, sans doute[4], trop de grâces à la fois ; mais peut-être n'en est-ce pas trop pour Votre Majesté ; et j'attends, avec un peu d'espérance respectueuse, la réponse de mon placet.

---

1. Ce dernier placet date du 5 février 1669 et marque la levée de l'interdiction de représenter la pièce.

2. Il s'agit sans doute de M. de Mauvillain, médecin et ami de Molière.

3. ***Canonicat*** : dignité ecclésiastique, assortie d'un revenu.

4. ***Sans doute*** : sans aucun doute, assurément.

PERSONNAGES

MADAME PERNELLE, mère d'Orgon.
ORGON, mari d'Elmire.
ELMIRE, femme d'Orgon.
DAMIS, fils d'Orgon.
MARIANE, fille d'Orgon et amante de Valère.
VALÈRE, amant de Mariane.
CLÉANTE, beau-frère d'Orgon.
TARTUFFE, faux dévot.
DORINE, suivante de Mariane.
MONSIEUR LOYAL, sergent.
UN EXEMPT.
FLIPOTE, servante de Madame Pernelle.

La scène est à Paris.

N.B. : Nous suivons ici le texte de l'édition GF-Flammarion (éd. Bénédicte Louvat, 1997), qui reproduit celui de l'édition de 1669, en conservant la ponctuation originale lorsqu'elle ne nuit pas à la compréhension et en modernisant l'orthographe.

Acte premier

Scène première

MADAME PERNELLE ET FLIPOTE *sa servante*, ELMIRE, DORINE, DAMIS, MARIANE, CLÉANTE

MADAME PERNELLE

Allons, Flipote, allons ; que d'eux je me délivre.

ELMIRE

Vous marchez d'un tel pas qu'on a peine à vous suivre.

MADAME PERNELLE

Laissez, ma bru, laissez ; ne venez pas plus loin :
Ce sont toutes façons dont je n'ai pas besoin.

ELMIRE

De ce que l'on vous doit envers vous on s'acquitte.
Mais, ma mère, d'où vient que vous sortez si vite ?

MADAME PERNELLE

C'est que je ne puis voir tout ce ménage[1]-ci,
Et que de me complaire on ne prend nul souci.
Oui, je sors de chez vous fort mal édifiée ;
Dans toutes mes leçons j'y suis contrariée,

1. ***Ménage*** : désordre domestique.

On n'y respecte rien ; chacun y parle haut,
Et c'est tout justement la cour du roi Pétaud[1].

DORINE

Si…

MADAME PERNELLE

Vous êtes, mamie[2], une fille suivante[3]
Un peu trop forte en gueule[4], et fort impertinente :
Vous vous mêlez sur tout de dire votre avis.

DAMIS

Mais…

MADAME PERNELLE

Vous êtes un sot en trois lettres, mon fils ;
C'est moi qui vous le dis, qui suis votre grand-mère ;
Et j'ai prédit cent fois à mon fils, votre père,
Que vous preniez tout l'air d'un méchant garnement,
Et ne lui donneriez jamais que du tourment.

MARIANE

Je crois…

MADAME PERNELLE

Mon Dieu, sa sœur, vous faites la discrète,
Et vous n'y touchez pas, tant vous semblez doucette ;

1. Au Moyen Âge, Pétaud (du latin *peto*, *petare*, « demander l'aumône ») était le roi de la corporation des mendiants. Sa cour est proverbialement connue pour être un lieu où règne l'indiscipline. De là vient le terme « pétaudière ».
2. ***Mamie*** : mon amie, ma chère ; expression familière réservée le plus souvent aux servantes.
3. ***Fille suivante*** : dame de compagnie. Dans la bouche de Mme Pernelle, l'expression est teintée de condescendance.
4. ***Forte en gueule*** : insolente, qui parle fort et beaucoup.

Mais il n'est, comme on dit, pire eau que l'eau qui dort,
Et vous menez sous chape[1] un train[2] que je hais fort.

ELMIRE

Mais, ma mère...

MADAME PERNELLE

Ma bru, qu'il ne vous en déplaise,
Votre conduite en tout est tout à fait mauvaise;
Vous devriez leur mettre un bon exemple aux yeux,
Et leur défunte mère en usait beaucoup mieux.
Vous êtes dépensière, et cet état[3] me blesse,
Que vous alliez vêtue ainsi qu'une princesse.
Quiconque à son mari veut plaire seulement,
Ma bru, n'a pas besoin de tant d'ajustement.

CLÉANTE

Mais, Madame, après tout...

MADAME PERNELLE

Pour vous, Monsieur son frère,
Je vous estime fort, vous aime, et vous révère;
Mais enfin, si j'étais de mon fils[4], son époux,
Je vous prierais bien fort de n'entrer point chez nous.
Sans cesse vous prêchez[5] des maximes de vivre
Qui par d'honnêtes gens ne se doivent point suivre :
Je vous parle un peu franc, mais c'est là mon humeur,
Et je ne mâche point[6] ce que j'ai sur le cœur.

---

1. ***Sous chape*** : sous cape, en secret.
2. ***Train*** : train de vie.
3. ***Cet état*** : cette qualité, cette condition.
4. ***Si j'étais de mon fils*** : si j'étais à la place de mon fils.
5. ***Prêchez*** : préconisez.
6. ***Je ne mâche point*** : je ne dissimule pas.

DAMIS

Votre Monsieur Tartuffe est bienheureux sans doute[1]...

MADAME PERNELLE

C'est un homme de bien, qu'il faut que l'on écoute ;
Et je ne puis souffrir[2], sans me mettre en courroux,
De le voir querellé[3] par un fou comme vous.

DAMIS

Quoi ! je souffrirai, moi, qu'un cagot de critique[4]
Vienne usurper céans[5] un pouvoir tyrannique ?
Et que nous ne puissions à rien nous divertir[6],
Si ce beau monsieur-là n'y daigne consentir ?

DORINE

S'il le faut écouter, et croire à ses maximes,
On ne peut faire rien qu'on ne fasse des crimes[7],
Car il contrôle[8] tout, ce critique zélé[9].

MADAME PERNELLE

Et tout ce qu'il contrôle est fort bien contrôlé.
C'est au chemin du Ciel qu'il prétend vous conduire ;
Et mon fils à l'aimer vous devrait tous induire[10].

---

1. ***Sans doute*** : sans aucun doute, assurément.
2. ***Souffrir*** : supporter, tolérer.
3. ***Querellé*** : critiqué, mis en cause.
4. ***Cagot de critique*** : censeur, critique qui est aussi un hypocrite.
5. ***Céans*** : ici.
6. ***Que nous ne puissions à rien nous divertir*** : qu'aucun divertissement ne nous soit permis.
7. ***On ne peut faire rien qu'on ne fasse des crimes*** : tous nos actes sont répréhensibles.
8. ***Contrôle*** : surveille, censure.
9. ***Zélé*** : attentionné.
10. ***Induire*** : amener, encourager.

Archives Flammarion

■ Tartuffe (illustration signée Geoffroy et Allouard, XIXe siècle).

DAMIS

Non, voyez-vous, ma mère, il n'est père ni rien
Qui me puisse obliger à lui vouloir du bien.
Je trahirais mon cœur de parler d'autre sorte ;
Sur ses façons de faire à tous coups je m'emporte ;
J'en prévois une suite[1], et qu'avec ce pied-plat[2]
Il faudra que j'en vienne à quelque grand éclat[3].

DORINE

Certes, c'est une chose aussi qui scandalise,
De voir qu'un inconnu céans s'impatronise[4],
Qu'un gueux[5] qui, quand il vint, n'avait pas de souliers
Et dont l'habit entier valait bien six deniers[6],
En vienne jusque-là que de se méconnaître,
De contrarier tout[7], et de faire le maître.

MADAME PERNELLE

Hé ! merci de ma vie[8] ! il en irait bien mieux,
Si tout se gouvernait par ses ordres pieux.

DORINE

Il passe pour un saint dans votre fantaisie ;
Tout son fait[9], croyez-moi, n'est rien qu'hypocrisie.

---

1. ***J'en prévois une suite*** : j'en imagine les conséquences.
2. ***Ce pied-plat*** : injure désignant un paysan, un rustre qui, contrairement au gentilhomme, ne porte pas de talons.
3. ***Éclat*** : scandale, échauffourée.
4. ***S'impatronise*** : devient le maître.
5. ***Gueux*** : mendiant.
6. ***Six deniers*** : un demi-sou, une misère.
7. ***De contrarier tout*** : de s'opposer à tout.
8. ***Merci de ma vie*** : serment équivalant à « Dieu, merci », « Pitié pour moi ».
9. ***Tout son fait*** : toutes ses actions.

MADAME PERNELLE

Voyez la langue[1] !

DORINE

À lui, non plus qu'à son Laurent,
Je ne me fierais, moi, que sur un bon garant.

MADAME PERNELLE

J'ignore ce qu'au fond le serviteur peut être ;
Mais pour homme de bien, je garantis le maître.
Vous ne lui voulez mal, et ne le rebutez[2]
Qu'à cause qu'il vous dit à tous vos vérités.
C'est contre le péché que son cœur se courrouce[3],
Et l'intérêt du Ciel est tout ce qui le pousse.

DORINE

Oui ; mais pourquoi, surtout depuis un certain temps,
Ne saurait-il souffrir qu'aucun hante céans[4] ?
En quoi blesse le Ciel une visite honnête[5],
Pour en faire un vacarme à nous rompre la tête[6] ?
Veut-on que là-dessus je m'explique[7] entre nous ?
Je crois que de Madame il est, ma foi, jaloux.

MADAME PERNELLE

Taisez-vous, et songez aux choses que vous dites.
Ce n'est pas lui tout seul qui blâme ces visites ;

---

1. ***Voyez la langue !*** : quelle mauvaise langue !
2. ***Rebutez*** : rejetez.
3. ***Se courrouce*** : se met en colère.
4. ***Souffrir qu'aucun hante céans*** : ne tolérer aucune visite.
5. ***En quoi blesse le Ciel une visite honnête*** : en quoi une honnête visite est-elle une offense faite à Dieu ?
6. ***Un vacarme à nous rompre la tête*** : des reproches excessifs et irritants.
7. ***Je m'explique*** : je donne mon avis.

Tout ce tracas qui suit les gens que vous hantez[1],
Ces carrosses sans cesse à la porte plantés,
Et de tant de laquais le bruyant assemblage[2]
Font un éclat fâcheux[3] dans tout le voisinage.
Je veux croire qu'au fond il ne se passe rien;
Mais enfin on en parle, et cela n'est pas bien.

CLÉANTE

Hé! voulez-vous, Madame, empêcher qu'on ne cause?
Ce serait dans la vie une fâcheuse chose,
Si pour les sots discours où l'on peut être mis[4],
Il fallait renoncer à ses meilleurs amis.
Et quand même on pourrait se résoudre à le faire,
Croiriez-vous obliger tout le monde à se taire?
Contre la médisance il n'est point de rempart;
À tous les sots caquets[5] n'ayons donc nul égard;
Efforçons-nous de vivre avec toute innocence,
Et laissons aux causeurs une pleine licence[6].

DORINE

Daphné, notre voisine, et son petit époux
Ne seraient-ils point ceux qui parlent mal de nous?
Ceux de qui la conduite offre le plus à rire
Sont toujours sur autrui les premiers à médire;
Ils ne manquent jamais de saisir promptement
L'apparente lueur du moindre attachement,
D'en semer la nouvelle avec beaucoup de joie,

---

1. ***Tout ce tracas qui suit les gens que vous hantez*** : tout le remue-ménage qui accompagne vos fréquentations.
2. ***Assemblage*** : réunion.
3. ***Un éclat fâcheux*** : une mauvaise réputation.
4. ***Sots discours où l'on peut être mis*** : propos calomnieux qui peuvent concerner chacun.
5. ***Sots caquets*** : propos médisants, calomnies.
6. ***Licence*** : liberté.

Et d'y donner le tour[1] qu'ils veulent qu'on y croie.
Des actions d'autrui, teintes de leurs couleurs[2],
Ils pensent dans le monde autoriser les leurs,
Et sous le faux espoir de quelque ressemblance,
Aux intrigues qu'ils ont donner de l'innocence,
Ou faire ailleurs tomber quelques traits[3] partagés
De ce blâme public dont ils sont trop chargés.

MADAME PERNELLE

Tous ces raisonnements ne font rien à l'affaire :
On sait qu'Orante mène une vie exemplaire;
Tous ses soins[4] vont au Ciel, et j'ai su par des gens
Qu'elle condamne fort le train[5] qui vient céans.

DORINE

L'exemple est admirable, et cette dame est bonne !
Il est vrai qu'elle vit en austère personne;
Mais l'âge dans son âme a mis ce zèle[6] ardent,
Et l'on sait qu'elle est prude[7] à son corps défendant[8].
Tant qu'elle a pu des cœurs attirer les hommages,
Elle a fort bien joui de tous ses avantages;
Mais, voyant de ses yeux tous les brillants baisser,
Au monde, qui la quitte, elle veut renoncer,
Et du voile pompeux d'une haute sagesse
De ses attraits usés déguiser la faiblesse.

---

1. ***Tour*** : apparence.
2. ***Teintes de leurs couleurs*** : travesties, mensongères.
3. ***Traits*** : attaques verbales, accusations.
4. ***Soins*** : préoccupations.
5. ***Train*** : ici, les nombreux visiteurs et la cohorte de domestiques qui les accompagne.
6. ***Zèle*** : ardeur religieuse.
7. ***Prude*** : chaste et honnête.
8. ***À son corps défendant*** : malgré elle.

Ce sont là les retours[1] des coquettes du temps.
Il leur est dur de voir déserter les galants.
Dans un tel abandon, leur sombre inquiétude
Ne voit d'autre recours que le métier de prude;
Et la sévérité de ces femmes de bien
Censure toute chose, et ne pardonne à rien;
Hautement d'un chacun elles blâment la vie,
Non point par charité, mais par un trait d'envie[2],
Qui ne saurait souffrir qu'une autre ait les plaisirs
Dont le penchant de l'âge a sevré leurs désirs.

MADAME PERNELLE

Voilà les contes bleus[3] qu'il vous faut pour vous plaire.
Ma bru, l'on est chez vous contrainte de se taire,
Car Madame à jaser[4] tient le dé[5] tout le jour.
Mais enfin, je prétends discourir à mon tour.
Je vous dis que mon fils n'a rien fait de plus sage
Qu'en recueillant chez soi ce dévot personnage;
Que le Ciel au besoin[6] l'a céans envoyé,
Pour redresser à tous votre esprit fourvoyé;
Que pour votre salut vous le devez entendre,
Et qu'il ne reprend rien qui ne soit à reprendre.
Ces visites, ces bals, ces conversations
Sont du malin esprit[7] toutes inventions.
Là, jamais on n'entend de pieuses paroles,

---

1. ***Retours*** : revirements.
2. ***Par un trait d'envie*** : sous l'effet de la jalousie.
3. Les textes de la célèbre « Bibliothèque bleue » – qui devait son nom à la couleur de ses couvertures –, étaient connus pour l'invraisemblance romanesque de leurs intrigues. L'expression « contes bleus » désigne ici des balivernes, des sornettes.
4. ***Jaser*** : parler sans arrêt.
5. ***Tient le dé*** : monopolise la conversation.
6. ***Au besoin*** : en vertu de la nécessité.
7. ***Du malin esprit*** : de l'esprit du diable.

Ce sont propos oisifs, chansons et fariboles[1] ;
Bien souvent le prochain en a sa bonne part[2],
Et l'on y sait médire et du tiers et du quart[3].
Enfin les gens sensés ont leurs têtes troublées
De la confusion de telles assemblées :
Mille caquets divers s'y font en moins de rien[4] ;
Et comme l'autre jour un docteur dit fort bien,
C'est véritablement la tour de Babylone,
Car chacun y babille[5], et tout du long de l'aune[6] ;
Et pour conter l'histoire où ce point l'engagea...
Voilà-t-il pas Monsieur qui ricane déjà ?
Allez chercher vos fous qui vous donnent à rire ;
Et sans... Adieu, ma bru, je ne veux plus rien dire.
Sachez que pour céans j'en rabats de moitié[7],
Et qu'il fera beau temps quand j'y mettrai le pied[8].

Donnant un soufflet à Flipote.

Allons, vous ; vous rêvez, et bayez aux corneilles[9].
Jour de Dieu ! je saurai vous frotter les oreilles ;
Marchons, gaupe[10], marchons.

---

1. ***Fariboles*** : propos frivoles.
2. ***Le prochain en a sa bonne part*** : on n'hésite pas à médire de son prochain.
3. ***Et du tiers et du quart*** : de tout le monde indifféremment.
4. ***Mille caquets divers s'y font en moins de rien*** : mille rumeurs naissent à tout bout de champ.
5. ***C'est véritablement la tour de Babylone,/ Car chacun y babille*** : jeu de mots sur «Babylone», «Babel», «babil» et «aune», que Mme Pernelle associe en vertu d'une étymologie fantaisiste.
6. ***Tout du long de l'aune*** : en complétant la mesure, sans retenue.
7. ***Pour céans j'en rabats de moitié*** : je perds la moitié de l'estime que j'avais pour cette maison.
8. ***Il fera beau temps quand j'y mettrai le pied*** : il faudra longtemps avant que j'y revienne.
9. ***Vous rêvez, et bayez aux corneilles*** : vous rêvassez.
10. ***Gaupe*** : souillon.

Scène 2

CLÉANTE, DORINE

CLÉANTE

Je n'y veux point aller,
De peur qu'elle ne vînt encor me quereller[1],
Que cette bonne[2] femme…

DORINE

Ah! certes, c'est dommage
Qu'elle ne vous ouït[3] tenir un tel langage :
Elle vous dirait bien qu'elle vous trouve bon,
Et qu'elle n'est point d'âge à lui donner ce nom.

CLÉANTE

Comme elle s'est pour rien contre nous échauffée!
Et que de son Tartuffe elle paraît coiffée[4]!

DORINE

Oh! vraiment tout cela n'est rien au prix du fils,
Et si vous l'aviez vu, vous diriez : « C'est bien pis ! »
Nos troubles[5] l'avaient mis sur le pied[6] d'homme sage,
Et pour servir son prince il montra du courage;
Mais il est devenu comme un homme hébété,
Depuis que de Tartuffe on le voit entêté.
Il l'appelle son frère, et l'aime dans son âme
Cent fois plus qu'il ne fait mère, fils, fille, et femme.
C'est de tous ses secrets l'unique confident,

1. ***Quereller*** : critiquer.
2. ***Bonne*** : vieille.
3. ***Ne vous ouït*** : ne vous ait pas entendu.
4. ***Coiffée*** : entêtée, entichée.
5. Allusion à la période de la Fronde (voir note 1, p. 13).
6. ***Sur le pied*** : dans la position.

Et de ses actions le directeur[1] prudent.
Il le choie, il l'embrasse, et pour une maîtresse
On ne saurait, je pense, avoir plus de tendresse.
À table, au plus haut bout[2] il veut qu'il soit assis ;
Avec joie il l'y voit manger autant que six ;
Les bons morceaux de tout, il fait qu'on les lui cède ;
Et s'il vient à roter, il lui dit : « Dieu vous aide ! »

C'est une servante qui parle.

Enfin il en est fou ; c'est son tout, son héros ;
Il l'admire à tous coups, le cite à tout propos ;
Ses moindres actions lui semblent des miracles,
Et tous les mots qu'il dit sont pour lui des oracles.
Lui, qui connaît sa dupe et qui veut en jouir,
Par cent dehors fardés a l'art de l'éblouir ;
Son cagotisme[3] en tire à toute heure des sommes,
Et prend droit de gloser[4] sur tous tant que nous sommes.
Il n'est pas jusqu'au fat[5] qui lui sert de garçon
Qui ne se mêle aussi de nous faire leçon.
Il vient nous sermonner avec des yeux farouches,
Et jeter nos rubans, notre rouge et nos mouches[6].
Le traître, l'autre jour, nous rompit[7] de ses mains
Un mouchoir[8] qu'il trouva dans une *Fleur des Saints*[9],

---

1. ***Directeur*** : il s'agit du directeur de conscience, chargé dans les maisons bourgeoises de confesser les membres de la famille et de s'assurer du salut de chacun en imposant le respect de la morale religieuse.
2. ***Au plus haut bou***t : à la place d'honneur.
3. ***Cagotisme*** : bigoterie, fausse dévotion.
4. ***Gloser*** : faire des commentaires.
5. ***Fat*** : sot, prétentieux.
6. ***Mouches*** : petits ronds de taffetas ou de velours noir que les femmes se collaient sur le visage pour mettre en valeur la blancheur de leur teint.
7. ***Rompit*** : déchira.
8. ***Mouchoir*** : tissu orné de dentelles pouvant servir à la parure.
9. ***Fleur des Saints*** : titre d'un ouvrage de piété du jésuite Ribadeneira (1526-1611).

Disant que nous mêlions, par un crime effroyable,
Avec la sainteté les parures du diable.

Scène 3

ELMIRE, MARIANE, DAMIS, CLÉANTE, DORINE

ELMIRE

Vous êtes bienheureux de n'être point venu
Au discours qu'à la porte elle nous a tenu.
Mais j'ai vu mon mari; comme il ne m'a point vue,
Je veux aller là-haut attendre sa venue.

CLÉANTE

Moi, je l'attends ici pour moins d'amusement[1],
Et je vais lui donner le bonjour seulement.

DAMIS

De l'hymen[2] de ma sœur touchez-lui quelque chose.
J'ai soupçon que Tartuffe à son effet[3] s'oppose,
Qu'il oblige mon père à des détours[4] si grands;
Et vous n'ignorez pas quel intérêt j'y prends.
Si même ardeur[5] enflamme, et ma sœur, et Valère,
La sœur de cet ami, vous le savez, m'est chère;
Et s'il fallait…

---

1. ***Amusement*** : perte de temps.
2. ***Hymen*** : mariage.
3. ***Son effet*** : sa réalisation, son exécution.
4. ***Détours*** : moyens adroits pour éluder quelque chose.
5. ***Ardeur*** : sentiment amoureux.

DORINE

Il entre.

Scène 4

ORGON, CLÉANTE, DORINE

ORGON

Ah ! mon frère, bonjour.

CLÉANTE

Je sortais, et j'ai joie à vous voir de retour.
La campagne à présent n'est pas beaucoup fleurie.

ORGON

Dorine… Mon beau-frère, attendez, je vous prie.
Vous voulez bien souffrir[1], pour m'ôter de souci,
Que je m'informe un peu des nouvelles d'ici.
Tout s'est-il, ces deux jours, passé de bonne sorte ?
Qu'est-ce qu'on fait céans[2] ? comme est-ce qu'on s'y porte ?

DORINE

Madame eut avant-hier la fièvre jusqu'au soir,
Avec un mal de tête étrange à concevoir.

ORGON

Et Tartuffe ?

DORINE

Tartuffe ? Il se porte à merveille.
Gros et gras, le teint frais, et la bouche vermeille.

---

1. ***Souffrir*** : supporter, tolérer.
2. ***Céans*** : ici.

ORGON

Le pauvre homme !

DORINE

Le soir, elle eut un grand dégoût[1],
Et ne put au souper toucher à rien du tout,
Tant sa douleur de tête était encor cruelle !

ORGON

Et Tartuffe ?

DORINE

Il soupa, lui tout seul, devant elle,
Et fort dévotement il mangea deux perdrix,
Avec une moitié de gigot en hachis.

ORGON

Le pauvre homme !

DORINE

La nuit se passa tout entière
Sans qu'elle pût fermer un moment la paupière ;
Des chaleurs l'empêchaient de pouvoir sommeiller,
Et jusqu'au jour près d'elle il nous fallut veiller.

ORGON

Et Tartuffe ?

DORINE

Pressé d'un sommeil agréable,
Il passa dans sa chambre au sortir de la table,
Et dans son lit bien chaud il se mit tout soudain,
Où sans trouble il dormit jusques au lendemain.

1. ***Dégoût*** : nausée.

ORGON

Le pauvre homme !

DORINE

À la fin, par nos raisons gagnée,
Elle se résolut à souffrir la saignée[1],
Et le soulagement suivit tout aussitôt.

ORGON

Et Tartuffe ?

DORINE

Il reprit courage comme il faut ;
Et contre tous les maux fortifiant son âme,
Pour réparer[2] le sang qu'avait perdu Madame,
But à son déjeuner quatre grands coups de vin.

ORGON

Le pauvre homme !

DORINE

Tous deux se portent bien enfin ;
Et je vais à Madame annoncer par avance
La part[3] que vous prenez à sa convalescence.

---

1. ***Saignée*** : remède médical consistant à purger le sang du malade.
2. ***Réparer*** : compenser.
3. ***La part*** : l'intérêt, la sollicitude.

Scène 5

ORGON, CLÉANTE

CLÉANTE

À votre nez, mon frère, elle se rit de vous ;
Et sans avoir dessein de vous mettre en courroux,
Je vous dirai tout franc que c'est avec justice.
A-t-on jamais parlé d'un semblable caprice ?
Et se peut-il qu'un homme ait un charme[1] aujourd'hui
À vous faire oublier toutes choses pour lui ?
Qu'après avoir chez vous réparé[2] sa misère,
Vous en veniez au point…

ORGON

Halte-là, mon beau-frère :
Vous ne connaissez pas celui dont vous parlez.

CLÉANTE

Je ne le connais pas, puisque vous le voulez ;
Mais enfin, pour savoir quel homme ce peut être…

ORGON

Mon frère, vous seriez charmé de le connaître,
Et vos ravissements[3] ne prendraient point de fin.
C'est un homme… qui… ha… un homme… un homme enfin.
Qui suit bien ses leçons goûte une paix profonde,
Et comme du fumier[4] regarde tout le monde.
Oui, je deviens tout autre avec son entretien ;

1. ***Charme*** : ici, pouvoir d'envoûtement, sortilège.
2. ***Réparé*** : remédié à.
3. ***Ravissements*** : emportements, extases.
4. ***Fumier*** : le terme est employé dans l'Épître aux Philippiens où Paul dit qu'il estime « tout comme du fumier » (3, 8), ainsi que dans *L'Imitation de Jésus-Christ*, traduite par Corneille, où il est écrit : « vraiment sage » est « celui

Il m'enseigne à n'avoir affection pour rien,
De toutes amitiés il détache mon âme ;
Et je verrais mourir frère, enfants, mère et femme[1],
Que je m'en soucierais autant que de cela.

CLÉANTE

Les sentiments humains, mon frère, que voilà !

ORGON

Ha ! si vous aviez vu comme j'en fis rencontre,
Vous auriez pris pour lui l'amitié que je montre.
Chaque jour à l'église il venait, d'un air doux,
Tout vis-à-vis de moi se mettre à deux genoux.
Il attirait les yeux de l'assemblée entière
Par l'ardeur dont au Ciel il poussait[2] sa prière :
Il faisait des soupirs, de grands élancements[3],
Et baisait humblement la terre à tous moments ;
Et lorsque je sortais, il me devançait vite,
Pour m'aller à la porte offrir de l'eau bénite.
Instruit par son garçon[4], qui dans tout l'imitait,
Et de son indigence[5], et de ce qu'il était,
Je lui faisais des dons ; mais avec modestie
Il me voulait toujours en rendre une partie.
« C'est trop, me disait-il, c'est trop de la moitié,

[...]/ Qui prend pour du fumier les choses de la terre » (livre I, chapitre 5, v. 304-306).

1. On lit dans l'Évangile de Luc (14, 26) : « Si quelqu'un vient à moi et s'il ne hait pas son père, sa mère, sa femme, ses enfants, ses frères et ses sœurs, et même sa propre vie, il ne peut être mon disciple. »

2. ***Poussait*** : proférait de façon ostentatoire.

3. ***Élancements*** : mouvements de piété démonstrative.

4. ***Garçon*** : valet, domestique. Se dit aussi de l'apprenti que l'on initie à un métier. Laurent serait alors en apprentissage pour devenir directeur de conscience ou faux dévot.

5. ***Indigence*** : extrême pauvreté.

Je ne mérite pas de vous faire pitié» ;
Et quand je refusais de le vouloir reprendre,
Aux pauvres, à mes yeux, il allait le répandre.
Enfin le Ciel chez moi me le fit retirer[1],
Et depuis ce temps-là tout semble y prospérer.
Je vois qu'il reprend tout, et qu'à ma femme même
Il prend, pour mon honneur, un intérêt extrême ;
Il m'avertit des gens qui lui font les yeux doux,
Et plus que moi six fois il s'en montre jaloux.
Mais vous ne croiriez point jusqu'où monte son zèle[2] ;
Il s'impute à péché la moindre bagatelle[3] ;
Un rien presque suffit pour le scandaliser,
Jusque-là qu'il se vint l'autre jour accuser
D'avoir pris une puce en faisant sa prière,
Et de l'avoir tuée avec trop de colère.

CLÉANTE

Parbleu ! vous êtes fou, mon frère, que je croi[4].
Avec de tels discours vous moquez-vous de moi ?
Et que prétendez-vous que tout ce badinage[5]...

ORGON

Mon frère, ce discours sent le libertinage.
Vous en êtes un peu dans votre âme entiché ;
Et comme je vous l'ai plus de dix fois prêché[6],
Vous vous attirerez quelque méchante affaire[7].

---

1. ***Me le fit retirer*** : me fit lui trouver une retraite, l'héberger.
2. ***Zèle*** : ardeur religieuse.
3. ***Bagatelle*** : peccadille, chose sans importance.
4. ***Que je croi*** : à ce que je crois. On retrouve la graphie « croi » (pour la rime) au vers 416.
5. ***Badinage*** : propos futiles.
6. ***Prêché*** : prédit, annoncé.
7. ***Affaire*** : ici, procès, querelle.

CLÉANTE

Voilà de vos pareils le discours ordinaire.
Ils veulent que chacun soit aveugle comme eux.
C'est être libertin[1] que d'avoir de bons yeux,
Et qui n'adore pas de vaines simagrées
N'a ni respect ni foi pour les choses sacrées.
Allez, tous vos discours ne me font point de peur ;
Je sais comme je parle, et le Ciel voit mon cœur.
De tous vos façonniers[2] on n'est point les esclaves.
Il est de faux dévots ainsi que de faux braves ;
Et comme on ne voit pas qu'où l'honneur les conduit
Les vrais braves soient ceux qui font beaucoup de bruit,
Les bons et vrais dévots, qu'on doit suivre à la trace,
Ne sont pas ceux aussi qui font tant de grimace[3].
Hé quoi ! vous ne ferez nulle distinction
Entre l'hypocrisie et la dévotion ?
Vous les voulez traiter d'un semblable langage,
Et rendre même honneur au masque qu'au visage ?
Égaler l'artifice[4] à la sincérité,
Confondre l'apparence avec la vérité,
Estimer le fantôme autant que la personne,
Et la fausse monnaie à l'égal de la bonne ?
Les hommes la plupart sont étrangement faits !
Dans la juste nature on ne les voit jamais.
La raison a pour eux des bornes trop petites.
En chaque caractère ils passent ses limites ;
Et la plus noble chose, ils la gâtent souvent
Pour la vouloir outrer et pousser trop avant.
Que cela vous soit dit en passant, mon beau-frère.

---

1. ***Libertin*** : esprit fort, qui ne respecte pas les choses sacrées.
2. ***Façonniers*** : imposteurs, usurpateurs.
3. ***Grimace*** : manières.
4. ***L'artifice*** : le simulacre.

ORGON

Oui, vous êtes sans doute[1] un docteur qu'on révère ;
Tout le savoir du monde est chez vous retiré[2] ;
Vous êtes le seul sage et le seul éclairé,
Un oracle, un Caton[3] dans le siècle où nous sommes ;
Et près de vous ce sont des sots que tous les hommes.

CLÉANTE

Je ne suis point, mon frère, un docteur révéré,
Et le savoir chez moi n'est pas tout retiré.
Mais, en un mot, je sais, pour toute ma science,
Du faux avec le vrai faire la différence.
Et comme je ne vois nul genre de héros
Qui soient plus à priser que les parfaits dévots,
Aucune chose au monde et plus noble et plus belle
Que la sainte ferveur d'un véritable zèle,
Aussi ne vois-je rien qui soit plus odieux
Que le dehors plâtré[4] d'un zèle spécieux[5],
Que ces francs charlatans, que ces dévots de place[6],
De qui la sacrilège et trompeuse grimace
Abuse impunément et se joue[7] à leur gré
De ce qu'ont les mortels de plus saint et sacré.
Ces gens qui, par une âme à l'intérêt soumise,
Font de dévotion métier et marchandise,

---

1. ***Sans doute*** : sans aucun doute, assurément.
2. ***Tout le savoir du monde est chez vous retiré*** : vous détenez tout le savoir du monde.
3. Allusion à Caton l'Ancien (v. 234-149 av. J.-C.), modèle de vertu et de sagesse, qui, dans l'Antiquité, défendit les valeurs romaines contre les mœurs grecques jugées délétères.
4. ***Dehors plâtré*** : fausse apparence.
5. ***Spécieux*** : trompeur.
6. ***Dévots de place*** : dévots qui font étalage de leur foi en public, notamment sur les places.
7. ***Se joue*** : se moque.

Et veulent acheter crédit et dignités
À prix de faux clins d'yeux et d'élans affectés,
Ces gens, dis-je, qu'on voit d'une ardeur non commune
Par le chemin du Ciel courir à leur fortune,
Qui, brûlants et priants, demandent chaque jour,
Et prêchent la retraite au milieu de la cour,
Qui savent ajuster leur zèle avec leurs vices,
Sont prompts[1], vindicatifs, sans foi, pleins d'artifices,
Et pour perdre quelqu'un couvrent insolemment
De l'intérêt du Ciel leur fier ressentiment,
D'autant plus dangereux dans leur âpre colère
Qu'ils prennent contre nous des armes qu'on révère,
Et que leur passion, dont on leur sait bon gré,
Veut nous assassiner avec un fer sacré.
De ce faux caractère on en voit trop paraître;
Mais les dévots de cœur sont aisés à connaître.
Notre siècle, mon frère, en expose à nos yeux
Qui peuvent nous servir d'exemples glorieux.
Regardez Ariston, regardez Périandre,
Oronte, Alcidamas, Polydore, Clitandre :
Ce titre par aucun ne leur est débattu[2];
Ce ne sont point du tout fanfarons de vertu;
On ne voit point en eux ce faste[3] insupportable,
Et leur dévotion est humaine, est traitable[4].
Ils ne censurent point toutes nos actions,
Ils trouvent trop d'orgueil dans ces corrections,
Et laissant la fierté des paroles aux autres,
C'est par leurs actions qu'ils reprennent les nôtres.
L'apparence du mal a chez eux peu d'appui[5],

---

1. ***Prompts*** : ici, impulsifs, coléreux.
2. ***Débattu*** : contesté.
3. ***Faste*** : ostentation, affectation.
4. ***Traitable*** : accommodante.
5. ***Appui*** : crédit, soutien.

Et leur âme est portée à juger bien d'autrui ;
Point de cabale[1] en eux, point d'intrigues à suivre ;
On les voit, pour tous soins[2], se mêler de bien vivre.
Jamais contre un pécheur ils n'ont d'acharnement.
Ils attachent leur haine au péché seulement,
Et ne veulent point prendre, avec un zèle extrême,
Les intérêts du Ciel plus qu'il ne veut lui-même.
Voilà mes gens ; voilà comme il en faut user,
Voilà l'exemple enfin qu'il se faut proposer.
Votre homme, à dire vrai, n'est pas de ce modèle ;
C'est de fort bonne foi que vous vantez son zèle,
Mais par un faux éclat[3] je vous crois ébloui.

ORGON

Monsieur mon cher beau-frère, avez-vous tout dit ?

CLÉANTE

Oui.

ORGON

Je suis votre valet[4]. *(Il veut s'en aller.)*

CLÉANTE

De grâce, un mot, mon frère.
Laissons[5] là ce discours. Vous savez que Valère
Pour être votre gendre a parole de vous[6] ?

ORGON

Oui.

---

1. ***Cabale*** : esprit de contestation.
2. ***Pour tous soins*** : pour toute préoccupation.
3. ***Éclat*** : gloire, réputation.
4. ***Je suis votre valet*** : formule pour prendre congé qui sonne comme une fin de non-recevoir.
5. ***Laissons*** : interrompons, cessons.
6. ***A parole de vous*** : de vous a la promesse, l'engagement.

CLÉANTE

Vous aviez pris jour pour un lien si doux.

ORGON

Il est vrai.

CLÉANTE

Pourquoi donc en différer la fête ?

ORGON

Je ne sais.

CLÉANTE

Auriez-vous autre pensée en tête ?

ORGON

Peut-être.

CLÉANTE

Vous voulez manquer à votre foi[1] ?

ORGON

Je ne dis pas cela.

CLÉANTE

Nul obstacle, je croi,
Ne vous peut empêcher d'accomplir vos promesses.

ORGON

Selon[2].

CLÉANTE

Pour dire un mot faut-il tant de finesses ?
Valère sur ce point me fait vous visiter.

---

1. ***Foi*** : parole.
2. ***Selon*** : cela dépend.

ORGON

Le Ciel en soit loué !

CLÉANTE

Mais que lui reporter ?

ORGON

Tout ce qu'il vous plaira.

CLÉANTE

Mais il est nécessaire
De savoir vos desseins. Quels sont-ils donc ?

ORGON

De faire
Ce que le Ciel voudra.

CLÉANTE

Mais parlons tout de bon.
Valère a votre foi. La tiendrez-vous, ou non ?

ORGON

Adieu.

CLÉANTE

Pour son amour je crains une disgrâce[1],
Et je dois l'avertir de tout ce qui se passe.

---

1. ***Disgrâce*** : déconvenue.

Acte II

Scène première

ORGON, MARIANE

ORGON

Mariane.

MARIANE

Mon père.

ORGON

Approchez. J'ai de quoi
Vous parler en secret.

MARIANE

Que cherchez-vous ?

ORGON. *Il regarde dans un petit cabinet.*

Je vois[1]
Si quelqu'un n'est point là qui pourrait nous entendre ;
Car ce petit endroit est propre pour surprendre.
Or sus[2], nous voilà bien. J'ai, Mariane, en vous
Reconnu de tout temps un esprit assez doux ;
Et de tout temps aussi vous m'avez été chère.

---

1. ***Je vois*** : je regarde.
2. ***Sus*** : interjection signifiant « allons ».

MARIANE

Je suis fort redevable à cet amour de père.

ORGON

C'est fort bien dit, ma fille ; et pour le mériter,
Vous devez n'avoir soin que de me contenter[1].

MARIANE

C'est où je mets aussi ma gloire la plus haute.

ORGON

Fort bien. Que dites-vous de Tartuffe notre hôte ?

MARIANE

Qui, moi ?

ORGON

Vous. Voyez bien comme vous répondrez.

MARIANE

Hélas ! j'en dirai, moi, tout ce que vous voudrez.

ORGON

C'est parler sagement. Dites-moi donc, ma fille,
Qu'en toute sa personne un haut mérite brille,
Qu'il touche votre cœur, et qu'il vous serait doux
De le voir par mon choix devenir votre époux.
Eh ?

Mariane se recule avec surprise.

MARIANE

Eh ?

1. ***N'avoir soin que de me contenter*** : ne vous préoccuper que de me donner satisfaction.

ORGON

Qu'est-ce ?

MARIANE

Plaît-il ?

ORGON

Quoi ?

MARIANE

Me suis-je méprise ?

ORGON

Comment ?

MARIANE

Qui voulez-vous, mon père, que je dise
Qui me touche le cœur, et qu'il me serait doux
De voir par votre choix devenir mon époux ?

ORGON

Tartuffe.

MARIANE

Il n'en est rien, mon père, je vous jure :
Pourquoi me faire dire une telle imposture ?

ORGON

Mais je veux que cela soit une vérité ;
Et c'est assez pour vous que je l'aie arrêté.

MARIANE

Quoi ? vous voulez, mon père…

ORGON

Oui, je prétends, ma fille,

Unir par votre hymen[1] Tartuffe à ma famille.
Il sera votre époux, j'ai résolu cela;
Et comme sur vos vœux je…

Scène 2

DORINE, ORGON, MARIANE

ORGON

Que faites-vous là?
La curiosité qui vous presse est bien forte,
Mamie[2], à nous venir écouter de la sorte.

DORINE

Vraiment, je ne sais pas si c'est un bruit[3] qui part
De quelque conjecture, ou d'un coup de hasard
Mais de ce mariage on m'a dit la nouvelle,
Et j'ai traité cela de pure bagatelle[4].

ORGON

Quoi donc? la chose est-elle incroyable?

DORINE

À tel point,
Que vous-même, Monsieur, je ne vous en crois point.

ORGON

Je sais bien le moyen de vous le faire croire.

1. ***Hymen*** : mariage.
2. ***Mamie*** : mon amie, ma chère; expression familière réservée le plus souvent aux servantes.
3. ***Bruit*** : rumeur.
4. ***Bagatelle*** : peccadille, chose sans importance.

DORINE

Oui, oui, vous nous contez une plaisante histoire.

ORGON

Je conte justement ce qu'on verra dans peu.

DORINE

Chansons !

ORGON

Ce que je dis, ma fille, n'est point jeu.

DORINE

Allez, ne croyez point à Monsieur votre père,
Il raille.

ORGON

Je vous dis…

DORINE

Non, vous avez beau faire,
On ne vous croira point.

ORGON

À la fin mon courroux…

DORINE

Hé bien ! on vous croit donc, et c'est tant pis pour vous.
Quoi ! se peut-il, Monsieur, qu'avec l'air d'homme sage
Et cette large barbe au milieu du visage,
Vous soyez assez fou pour vouloir…

ORGON

Écoutez :
Vous avez pris céans[1] certaines privautés
Qui ne me plaisent point ; je vous le dis, mamie.

1. ***Céans*** : ici.

DORINE

Parlons sans nous fâcher, Monsieur, je vous supplie.
Vous moquez-vous des gens d'avoir fait ce complot ?
Votre fille n'est point l'affaire d'un bigot.
Il a d'autres emplois auxquels il faut qu'il pense ;
Et puis, que vous apporte une telle alliance ?
À quel sujet aller, avec tout votre bien,
Choisir un gendre gueux[1]...

ORGON

Taisez-vous. S'il n'a rien,
Sachez que c'est par là qu'il faut qu'on le révère.
Sa misère est sans doute[2] une honnête misère.
Au-dessus des grandeurs elle doit l'élever,
Puisque enfin de son bien il s'est laissé priver
Par son trop peu de soin[3] des choses temporelles,
Et sa puissante attache[4] aux choses éternelles.
Mais mon secours pourra lui donner les moyens
De sortir d'embarras et rentrer dans ses biens :
Ce sont fiefs qu'à bon titre au pays on renomme[5] ;
Et tel que l'on le voit, il est bien gentilhomme.

DORINE

Oui, c'est lui qui le dit, et cette vanité,
Monsieur, ne sied pas bien avec la piété.
Qui d'une sainte vie embrasse l'innocence
Ne doit point tant prôner son nom et sa naissance ;

---

1. ***Gueux*** : pauvre, sans bien.
2. ***Sans doute*** : sans aucun doute, assurément.
3. ***Soin*** : attention.
4. ***Attache*** : attachement.
5. ***Fiefs qu'à bon titre au pays on renomme*** : propriétés dûment établies, dans le pays d'origine de Tartuffe, sur la foi de titres féodaux. En prétendant en avoir été dépossédé, Tartuffe se hisse au rang de véritable gentilhomme, c'est-à-dire de noble.

Et l'humble procédé[1] de la dévotion
Souffre[2] mal les éclats[3] de cette ambition.
À quoi bon cet orgueil… Mais ce discours vous blesse ;
Parlons de sa personne, et laissons sa noblesse.
Ferez-vous possesseur, sans quelque peu d'ennui[4],
D'une fille comme elle un homme comme lui ?
Et ne devez-vous pas songer aux bienséances[5],
Et de cette union prévoir les conséquences ?
Sachez que d'une fille on risque la vertu,
Lorsque dans son hymen[6] son goût est combattu,
Que le dessein d'y vivre en honnête personne
Dépend des qualités du mari qu'on lui donne,
Et que ceux dont partout on montre au doigt le front
Font leurs femmes souvent ce qu'on voit qu'elles sont.
Il est bien difficile enfin d'être fidèle
À de certains maris faits d'un certain modèle ;
Et qui donne à sa fille un homme qu'elle hait
Est responsable au Ciel des fautes qu'elle fait.
Songez à quels périls votre dessein vous livre.

ORGON

Je vous dis qu'il me faut apprendre d'elle à vivre.

DORINE

Vous n'en feriez que mieux de suivre mes leçons.

ORGON

Ne nous amusons point, ma fille, à ces chansons ;
Je sais ce qu'il vous faut, et je suis votre père.

---

1. ***Procédé*** : manière d'agir.
2. ***Souffre*** : supporte, tolère.
3. ***Éclats*** : manifestations.
4. ***Ennui*** : chagrin, remords.
5. ***Bienséances*** : convenances.
6. ***Hymen*** : mariage.

J'avais donné pour vous ma parole à Valère ;
Mais outre qu'à jouer on dit qu'il est enclin,
Je le soupçonne encor d'être un peu libertin[1] ;
Je ne remarque point qu'il hante[2] les églises.

DORINE

Voulez-vous qu'il y coure à vos heures précises,
Comme ceux qui n'y vont que pour être aperçus ?

ORGON

Je ne demande pas votre avis là-dessus.
Enfin avec le Ciel l'autre est le mieux du monde,
Et c'est une richesse à nulle autre seconde,
Cet hymen de tous biens comblera vos désirs,
Il sera tout confit en[3] douceurs et plaisirs.
Ensemble vous vivrez, dans vos ardeurs fidèles[4],
Comme deux vrais enfants, comme deux tourterelles.
À nul fâcheux débat jamais vous n'en viendrez,
Et vous ferez de lui tout ce que vous voudrez.

DORINE

Elle ? elle n'en fera qu'un sot[5], je vous assure.

ORGON

Ouais ! quels discours !

DORINE

Je dis qu'il en a l'encolure[6],
Et que son ascendant[7], Monsieur, l'emportera
Sur toute la vertu que votre fille aura.

---

1. ***Libertin*** : sans respect pour les choses sacrées.
2. ***Hante*** : fréquente.
3. ***Confit en*** : pénétré de.
4. ***Dans vos ardeurs fidèles*** : constants dans vos sentiments amoureux.
5. ***Sot*** : mari cocu.
6. ***Encolure*** : tournure, apparence.
7. ***Ascendant*** : influence, force qui le destine à être cocu.

ORGON

Cessez de m'interrompre, et songez à vous taire,
Sans mettre votre nez où vous n'avez que faire.

DORINE

Je n'en parle, Monsieur, que pour votre intérêt.

Elle l'interrompt toujours au moment qu'il se retourne pour parler à sa fille.

ORGON

C'est prendre trop de soin[1] ; taisez-vous, s'il vous plaît.

DORINE

Si l'on ne vous aimait…

ORGON

Je ne veux pas qu'on m'aime.

DORINE

Et je veux vous aimer, Monsieur, malgré vous-même.

ORGON

Ah !

DORINE

Votre honneur m'est cher, et je ne puis souffrir
Qu'aux brocards[2] d'un chacun vous alliez vous offrir.

ORGON

Vous ne vous tairez point ?

DORINE

C'est une conscience[3]
Que de vous laisser faire une telle alliance.

---

1. ***C'est prendre trop de soin*** : c'est être trop attentive, trop bienveillante.
2. ***Brocards*** : railleries.
3. ***Une conscience*** : un cas de conscience.

ORGON

Te tairas-tu, serpent, dont les traits[1] effrontés… ?

DORINE

Ah ! vous êtes dévot, et vous vous emportez ?

ORGON

Oui, ma bile s'échauffe à toutes ces fadaises,
Et tout résolument je veux que tu te taises.

DORINE

Soit. Mais, ne disant mot, je n'en pense pas moins.

ORGON

Pense, si tu le veux ; mais applique tes soins
À ne m'en point parler, ou… Suffit.

Se retournant vers sa fille.

Comme sage,
J'ai pesé mûrement toutes choses.

DORINE

J'enrage
De ne pouvoir parler.

Elle se tait lorsqu'il tourne la tête.

ORGON

Sans être damoiseau[2],
Tartuffe est fait de sorte…

DORINE

Oui, c'est un beau museau[3].

---

1. ***Traits*** : attaques verbales, accusations.
2. ***Damoiseau*** : jeune homme galant.
3. ***Museau*** : homme qui fait l'agréable, qui cherche à plaire.

ORGON

Que quand tu n'aurais même aucune sympathie
Pour tous les autres dons…

Il se retourne devant elle, et la regarde les bras croisés.

DORINE

La voilà bien lotie.
Si j'étais en sa place, un homme assurément
Ne m'épouserait pas de force impunément ;
Et je lui ferais voir bientôt après la fête
Qu'une femme a toujours une vengeance prête.

ORGON

Donc de ce que je dis on ne fera nul cas ?

DORINE

De quoi vous plaignez-vous ? Je ne vous parle pas.

ORGON

Qu'est-ce que tu fais donc ?

DORINE

Je me parle à moi-même.

ORGON

Fort bien. Pour châtier son insolence extrême,
Il faut que je lui donne un revers de ma main.

Il se met en posture de lui donner un soufflet ; et Dorine, à chaque coup d'œil qu'il jette, se tient droite sans parler.

Ma fille, vous devez approuver mon dessein…
Croire que le mari… que j'ai su vous élire[1]…
Que ne te parles-tu ?

---

1. ***Vous élire*** : choisir pour vous.

DORINE

Je n'ai rien à me dire.

ORGON

Encore un petit mot.

DORINE

Il ne me plaît pas, moi.

ORGON

Certes, je t'y guettais.

DORINE

Quelque sotte, ma foi[1].

ORGON

Enfin, ma fille, il faut payer d'obéissance,
Et montrer pour mon choix entière déférence.

DORINE, *en s'enfuyant.*

Je me moquerais fort de prendre un tel époux.

Il lui veut donner un soufflet et la manque.

ORGON

Vous avez là, ma fille, une peste avec vous,
Avec qui sans péché je ne saurais plus vivre.
Je me sens hors d'état maintenant de poursuivre ;
Ses discours insolents m'ont mis l'esprit en feu,
Et je vais prendre l'air pour me rasseoir[2] un peu.

---

1. ***Quelque sotte ma foi*** : je serais bien sotte d'oser parler.
2. ***Me rasseoir*** : reprendre mes esprits.

Scène 3

DORINE, MARIANE

DORINE

Avez-vous donc perdu, dites-moi, la parole ?
Et faut-il qu'en ceci je fasse votre rôle ?
Souffrir[1] qu'on vous propose un projet insensé,
Sans que du moindre mot vous l'ayez repoussé !

MARIANE

Contre un père absolu[2] que veux-tu que je fasse ?

DORINE

Ce qu'il faut pour parer une telle menace.

MARIANE

Quoi ?

DORINE

Lui dire qu'un cœur n'aime point par autrui,
Que vous vous mariez pour vous, non pas pour lui,
Qu'étant celle pour qui se fait toute l'affaire,
C'est à vous, non à lui, que le mari doit plaire,
Et que si son Tartuffe est pour lui si charmant,
Il le peut épouser sans nul empêchement.

MARIANE

Un père, je l'avoue, a sur nous tant d'empire
Que je n'ai jamais eu la force de rien dire.

1. ***Souffrir*** : supporter, tolérer.
2. ***Absolu*** : tyrannique.

DORINE

Mais raisonnons. Valère a fait pour vous des pas[1] ;
L'aimez-vous, je vous prie, ou ne l'aimez-vous pas ?

MARIANE

Ah ! qu'envers mon amour ton injustice est grande,
Dorine ! me dois-tu faire cette demande ?
T'ai-je pas là-dessus ouvert cent fois mon cœur,
Et sais-tu pas pour lui jusqu'où va mon ardeur[2] ?

DORINE

Que sais-je si le cœur a parlé par la bouche,
Et si c'est tout de bon que cet amant vous touche[3] ?

MARIANE

Tu me fais un grand tort, Dorine, d'en douter,
Et mes vrais sentiments ont su trop éclater.

DORINE

Enfin, vous l'aimez donc ?

MARIANE

Oui, d'une ardeur extrême.

DORINE

Et selon l'apparence il vous aime de même ?

MARIANE

Je le crois.

DORINE

Et tous deux brûlez également
De vous voir mariés ensemble ?

---

1. ***Pas*** : démarches.
2. ***Ardeur*** : amour.
3. ***Touche*** : rend votre cœur sensible.

MARIANE

Assurément.

DORINE

Sur cette autre union quelle est donc votre attente ?

MARIANE

De me donner la mort si l'on me violente[1].

DORINE

Fort bien. C'est un recours où[2] je ne songeais pas ;
Vous n'avez qu'à mourir pour sortir d'embarras ;
Le remède sans doute[3] est merveilleux. J'enrage
Lorsque j'entends tenir ces sortes de langage.

MARIANE

Mon Dieu ! de quelle humeur, Dorine, tu te rends !
Tu ne compatis point aux déplaisirs des gens.

DORINE

Je ne compatis point à qui dit des sornettes
Et dans l'occasion[4] mollit comme vous faites.

MARIANE

Mais que veux-tu ? si j'ai de la timidité.

DORINE

Mais l'amour dans un cœur veut de la fermeté.

MARIANE

Mais n'en gardé-je pas pour les feux[5] de Valère ?
Et n'est-ce pas à lui de m'obtenir d'un père ?

---

1. ***Violente*** : contraint.
2. ***Où*** : auquel.
3. ***Sans doute*** : sans aucun doute, assurément.
4. ***Occasion*** : adversité, mauvaise passe.
5. ***Feux*** : sentiments amoureux.

DORINE

Mais quoi ! si votre père est un bourru[1] fieffé[2],
Qui s'est de son Tartuffe entièrement coiffé[3]
Et manque à l'union qu'il avait arrêtée,
La faute à votre amant doit-elle être imputée ?

MARIANE

Mais par un haut refus et d'éclatants mépris
Ferai-je dans mon choix voir un cœur trop épris ?
Sortirai-je pour lui, quelque éclat dont il brille[4],
De la pudeur du sexe et du devoir de fille ?
Et veux-tu que mes feux par le monde étalés…

DORINE

Non, non, je ne veux rien. Je vois que vous voulez
Être à Monsieur Tartuffe ; et j'aurais, quand j'y pense,
Tort de vous détourner d'une telle alliance.
Quelle raison aurais-je à combattre vos vœux ?
Le parti de soi-même est fort avantageux.
Monsieur Tartuffe ! oh ! oh ! n'est-ce rien qu'on propose ?
Certes, Monsieur Tartuffe, à bien prendre la chose,
N'est pas un homme, non, qui se mouche du pied[5],
Et ce n'est pas peu d'heur[6] que d'être sa moitié.
Tout le monde déjà de gloire le couronne,
Il est noble chez lui, bien fait de sa personne,

---

1. ***Bourru*** : extravagant.
2. ***Fieffé*** : qui possède un défaut ou un vice à un degré tel que cela en fait son bien propre, son fief.
3. ***Coiffé*** : entêté, entiché.
4. ***Quelque éclat dont il brille*** : quelle que soit la force avec laquelle il se manifeste.
5. ***Qui se mouche du pied*** : expression proverbiale désignant un homme habile, expérimenté.
6. ***Ce n'est pas peu d'heur*** : ce n'est pas un petit bonheur.

Il a l'oreille rouge et le teint bien fleuri[1] ;
Vous vivrez trop contente[2] avec un tel mari.

MARIANE

Mon Dieu !...

DORINE

Quelle allégresse aurez-vous dans votre âme,
Quand d'un époux si beau vous vous verrez la femme !

MARIANE

Ha ! cesse, je te prie, un semblable discours,
Et contre cet hymen[3] ouvre-moi du secours[4].
C'en est fait, je me rends, et suis prête à tout faire.

DORINE

Non, il faut qu'une fille obéisse à son père,
Voulût-il lui donner un singe pour époux.
Votre sort est fort beau, de quoi vous plaignez-vous ?
Vous irez par le coche[5] en sa petite ville,
Qu'en oncles et cousins vous trouverez fertile,
Et vous vous plairez fort à les entretenir.
D'abord[6] chez le beau monde on vous fera venir.
Vous irez visiter, pour votre bienvenue,
Madame la baillive et Madame l'élue[7],

---

1. ***Fleuri*** : frais, rayonnant de santé, rougeaud.
2. ***Contente*** : satisfaite.
3. ***Hymen*** : mariage.
4. ***Ouvre-moi du secours*** : fais-moi connaître une issue.
5. ***Coche*** : voiture ordinaire tirée par des chevaux, moins confortable et moins rapide que la diligence.
6. ***D'abord*** : d'emblée.
7. ***Madame la baillive et Madame l'élue*** : femmes des magistrats locaux. Le bailli est l'officier de justice et l'élu le fonctionnaire chargé de distribuer les privilèges royaux et de régler les litiges fiscaux.

Qui d'un siège pliant[1] vous feront honorer.
Là, dans le carnaval, vous pourrez espérer
Le bal et la grand-bande[2], à savoir deux musettes,
Et parfois Fagotin[3] et les marionnettes,
Si pourtant votre époux…

MARIANE

Ah ! tu me fais mourir.
De tes conseils plutôt songe à me secourir.

DORINE

Je suis votre servante[4].

MARIANE

Eh ! Dorine, de grâce…

DORINE

Il faut, pour vous punir, que cette affaire passe[5].

MARIANE

Ma pauvre fille !

DORINE

Non.

MARIANE

Si mes vœux déclarés…

---

1. ***Siège pliant*** : siège de fortune dont on honore les plus humbles visiteurs.
2. ***Grand-bande*** : les vingt-quatre violons que compte traditionnellement l'orchestre royal. Ironique, le terme s'applique ici à un modeste orchestre de province limité à deux musettes (instruments proches de la cornemuse).
3. ***Fagotin*** : nom du célèbre singe de Brioché, montreur de marionnettes réputé du Pont-Neuf. Par extension, singe savant.
4. ***Je suis votre servante*** : formule qui sonne comme une fin de non-recevoir.
5. ***Passe*** : se réalise, s'accomplisse.

DORINE

Point, Tartuffe est votre homme, et vous en tâterez[1].

MARIANE

Tu sais qu'à toi toujours je me suis confiée.
Fais-moi…

DORINE

Non ; vous serez, ma foi ! tartuffiée.

MARIANE

Hé bien ! puisque mon sort ne saurait t'émouvoir,
Laisse-moi désormais toute à mon désespoir.
C'est de lui que mon cœur empruntera de l'aide,
Et je sais de mes maux l'infaillible remède.

Elle veut s'en aller.

DORINE

Hé ! là, là, revenez ; je quitte mon courroux.
Il faut, nonobstant[2] tout, avoir pitié de vous.

MARIANE

Vois-tu, si l'on m'expose à ce cruel martyre,
Je te le dis, Dorine, il faudra que j'expire.

DORINE

Ne vous tourmentez point ; on peut adroitement
Empêcher… Mais voici Valère, votre amant.

---

1. ***Tâterez*** : ferez l'expérience.
2. ***Nonobstant*** : malgré.

Scène 4

VALÈRE, MARIANE, DORINE

VALÈRE

On vient de débiter[1], Madame[2], une nouvelle
Que je ne savais pas, et qui sans doute[3] est belle.

MARIANE

Quoi ?

VALÈRE

Que vous épousez Tartuffe.

MARIANE

Il est certain
Que mon père s'est mis en tête ce dessein.

VALÈRE

Votre père, Madame…

MARIANE

A changé de visée :
La chose vient par lui de m'être proposée.

VALÈRE

Quoi ? sérieusement ?

MARIANE

Oui, sérieusement.
Il s'est pour cet hymen[4] déclaré hautement.

---

1. ***Débiter*** : annoncer, raconter.
2. ***Madame*** : titre que l'on donne aux femmes de qualité, qu'elles soient ou non mariées.
3. ***Sans doute*** : sans aucun doute, assurément.
4. ***Hymen*** : mariage.

VALÈRE

Et quel est le dessein où votre âme s'arrête,
Madame ?

MARIANE

Je ne sais.

VALÈRE

La réponse est honnête.
Vous ne savez ?

MARIANE

Non.

VALÈRE

Non ?

MARIANE

Que me conseillez-vous ?

VALÈRE

Je vous conseille, moi, de prendre cet époux.

MARIANE

Vous me le conseillez ?

VALÈRE

Oui.

MARIANE

Tout de bon ?

VALÈRE

Sans doute.
Le choix est glorieux, et vaut bien qu'on l'écoute.

MARIANE

Hé bien ! c'est un conseil, Monsieur, que je reçois.

VALÈRE

Vous n'aurez pas grand-peine à le suivre, je crois.

MARIANE

Pas plus qu'à le donner en a souffert votre âme.

VALÈRE

Moi, je vous l'ai donné pour vous plaire, Madame.

MARIANE

Et moi, je le suivrai pour vous faire plaisir.

DORINE

Voyons ce qui pourra de ceci réussir[1].

VALÈRE

C'est donc ainsi qu'on aime ? Et c'était tromperie
Quand vous…

MARIANE

Ne parlons point de cela, je vous prie.
Vous m'avez dit tout franc que je dois accepter
Celui que pour époux on me veut présenter :
Et je déclare, moi, que je prétends le faire,
Puisque vous m'en donnez le conseil salutaire.

VALÈRE

Ne vous excusez point sur[2] mes intentions.
Vous aviez pris déjà vos résolutions ;
Et vous vous saisissez d'un prétexte frivole
Pour vous autoriser à manquer de parole.

---

1. ***Réussir*** : résulter.
2. ***Sur*** : en prenant prétexte de.

MARIANE

Il est vrai, c'est bien dit.

VALÈRE

Sans doute, et votre cœur
N'a jamais eu pour moi de véritable ardeur[1].

MARIANE

Hélas ! permis à vous d'avoir cette pensée.

VALÈRE

Oui, oui, permis à moi ; mais mon âme offensée
Vous préviendra[2] peut-être en un pareil dessein ;
Et je sais où porter et mes vœux et ma main.

MARIANE

Ah ! je n'en doute point ; et les ardeurs qu'excite
Le mérite…

VALÈRE

Mon Dieu, laissons là le mérite ;
J'en ai fort peu sans doute, et vous en faites foi.
Mais j'espère aux bontés qu'une autre aura pour moi[3] ;
Et j'en sais de qui l'âme, à ma retraite ouverte[4],
Consentira sans honte à réparer ma perte[5].

MARIANE

La perte n'est pas grande, et de ce changement
Vous vous consolerez assez facilement…

---

1. ***Ardeur*** : sentiment amoureux.

2. ***Préviendra*** : devancera.

3. ***J'espère aux bontés qu'une autre aura pour moi*** : j'espère qu'une autre aura des bontés pour moi.

4. ***Et j'en sais de qui l'âme, à ma retraite ouverte*** : et j'en connais une, bien disposée à mon égard, qui, quand je me serai séparé de vous…

5. ***Réparer ma perte*** : me consoler de la perte de votre amour.

VALÈRE

J'y ferai mon possible, et vous le pouvez croire.
Un cœur qui nous oublie engage notre gloire[1].
Il faut à l'oublier mettre aussi tous nos soins.
Si l'on n'en vient à bout, on le doit feindre au moins ;
Et cette lâcheté jamais ne se pardonne,
De montrer de l'amour pour qui nous abandonne.

MARIANE

Ce sentiment, sans doute, est noble et relevé.

VALÈRE

Fort bien ; et d'un chacun il doit être approuvé.
Hé quoi ! vous voudriez qu'à jamais dans mon âme
Je gardasse pour vous les ardeurs de ma flamme ?
Et vous visse, à mes yeux, passer en d'autres bras,
Sans mettre ailleurs un cœur dont vous ne voulez pas ?

MARIANE

Au contraire, pour moi, c'est ce que je souhaite ;
Et je voudrais déjà que la chose fût faite.

VALÈRE

Vous le voudriez ?

MARIANE

Oui.

VALÈRE

C'est assez m'insulter,
Madame, et de ce pas je vais vous contenter.

Il fait un pas pour s'en aller et revient toujours.

---

1. ***Engage notre gloire*** : compromet notre honneur.

MARIANE

Fort bien.

VALÈRE

Souvenez-vous au moins que c'est vous-même
Qui contraignez mon cœur à cet effort[1] extrême.

MARIANE

Oui.

VALÈRE

Et que le dessein que mon âme conçoit
N'est rien qu'à votre exemple[2].

MARIANE

À mon exemple, soit.

VALÈRE

Suffit ; vous allez être à point nommé servie.

MARIANE

Tant mieux.

VALÈRE

Vous me voyez, c'est pour toute ma vie[3].

MARIANE

À la bonne heure.

VALÈRE. *Il s'en va, et, lorsqu'il est vers la porte, il se retourne.*

Euh !

---

1. ***Effort*** : résolution.
2. ***N'est rien qu'à votre exemple*** : ne fait que suivre votre exemple, n'est pris qu'à la suite de votre décision.
3. ***Vous me voyez, c'est pour toute ma vie*** : c'est la dernière fois que vous me voyez de toute ma vie.

MARIANE

Quoi ?

VALÈRE

Ne m'appelez-vous pas ?

MARIANE

Moi ? Vous rêvez.

VALÈRE

Hé bien ! je poursuis donc mes pas.
Adieu, Madame.

MARIANE

Adieu, Monsieur.

DORINE

Pour moi, je pense
Que vous perdez l'esprit par cette extravagance ;
Et je vous ai laissé tout du long quereller[1],
Pour voir où tout cela pourrait enfin aller.
Holà ! seigneur Valère.

Elle va l'arrêter par le bras, et lui fait mine de grande résistance.

VALÈRE

Hé ! que veux-tu, Dorine ?

DORINE

Venez ici.

VALÈRE

Non, non, le dépit me domine.
Ne me détourne point de ce qu'elle a voulu.

---

1. ***Quereller*** : vous quereller.

DORINE

Arrêtez.

VALÈRE

Non, vois-tu, c'est un point résolu.

DORINE

Ah !

MARIANE

Il souffre à me voir, ma présence le chasse ;
Et je ferai bien mieux de lui quitter[1] la place.

DORINE. *Elle quitte Valère et court à Mariane.*

À l'autre. Où courez-vous ?

MARIANE

Laisse.

DORINE

Il faut revenir.

MARIANE

Non, non, Dorine, en vain tu veux me retenir.

VALÈRE

Je vois bien que ma vue est pour elle un supplice ;
Et sans doute il vaut mieux que je l'en affranchisse[2].

DORINE. *Elle quitte Mariane et court à Valère.*

Encor ? Diantre soit fait de vous si je le veux[3] !
Cessez ce badinage[4], et venez çà[5] tous deux.

Elle les tire l'un et l'autre.

---

1. ***Quitter*** : laisser, céder.
2. ***Que je l'en affranchisse*** : que je l'en libère.
3. ***Diantre soit fait de vous si je le veux*** : allez au diable, si je consens à vous laisser partir.
4. ***Badinage*** : discours futile.
5. ***Çà*** : ici.

VALÈRE

Mais quel est ton dessein ?

MARIANE

Qu'est-ce que tu veux faire ?

DORINE

Vous bien remettre ensemble, et vous tirer d'affaire.
Êtes-vous fou d'avoir un pareil démêlé ?

VALÈRE

N'as-tu pas entendu comme elle m'a parlé ?

DORINE

Êtes-vous folle, vous, de vous être emportée ?

MARIANE

N'as-tu pas vu la chose, et comme il m'a traitée ?

DORINE

Sottise des deux parts. Elle n'a d'autre soin[1]
Que de se conserver à vous, j'en suis témoin.
Il n'aime que vous seule, et n'a point d'autre envie
Que d'être votre époux ; j'en réponds sur ma vie.

MARIANE

Pourquoi donc me donner un semblable conseil ?

VALÈRE

Pourquoi m'en demander sur un sujet pareil ?

DORINE

Vous êtes fous tous deux. Çà, la main l'un et l'autre.
Allons, vous.

---

1. ***Soin*** : intention, préoccupation.

VALÈRE, *en donnant sa main à Dorine.*

À quoi bon ma main ?

DORINE

Ah ! çà, la vôtre.

MARIANE, *en donnant aussi sa main.*

De quoi sert tout cela ?

DORINE

Mon Dieu ! vite, avancez.
Vous vous aimez tous deux plus que vous ne pensez.

VALÈRE

Mais ne faites donc point les choses avec peine,
Et regardez un peu les gens sans nulle haine.

Mariane tourne l'œil sur Valère et fait un petit souris[1].

DORINE

À vous dire le vrai, les amants sont bien fous !

VALÈRE

Ho çà, n'ai-je pas lieu de me plaindre de vous ?
Et pour n'en point mentir, n'êtes-vous pas méchante
De vous plaire à me dire une chose affligeante ?

MARIANE

Mais vous, n'êtes-vous pas l'homme le plus ingrat…

DORINE

Pour une autre saison laissons tout ce débat,
Et songeons à parer ce fâcheux mariage.

1. ***Souris*** : sourire.

MARIANE

Dis-nous donc quels ressorts[1] il faut mettre en usage.

DORINE

Nous en ferons agir de toutes les façons.
Votre père se moque, et ce sont des chansons.
Mais pour vous, il vaut mieux qu'à son extravagance
D'un doux consentement vous prêtiez l'apparence,
Afin qu'en cas d'alarme il vous soit plus aisé
De tirer en longueur[2] cet hymen proposé.
En attrapant du temps, à tout on remédie.
Tantôt vous payerez de[3] quelque maladie,
Qui viendra tout à coup et voudra des délais ;
Tantôt vous payerez de présages mauvais :
Vous aurez fait d'un mort la rencontre fâcheuse,
Cassé quelque miroir, ou songé d'eau bourbeuse.
Enfin le bon de tout[4], c'est qu'à d'autres qu'à lui
On ne vous peut lier, que vous ne disiez « oui ».
Mais pour mieux réussir, il est bon, ce me semble,
Qu'on ne vous trouve point tous deux parlant ensemble.

À Valère.

Sortez, et sans tarder employez vos amis
Pour vous faire tenir[5] ce qu'on vous a promis.
Nous allons réveiller les efforts de son frère,
Et dans notre parti jeter la belle-mère.
Adieu.

VALÈRE, *à Mariane.*

Quelques efforts que nous préparions tous,
Ma plus grande espérance, à vrai dire, est en vous.

1. ***Ressorts*** : stratagèmes.
2. ***Tirer en longueur*** : retarder.
3. ***Vous payerez de*** : vous donnerez comme prétexte.
4. ***Le bon de tout*** : le plus important.
5. ***Tenir*** : obtenir.

MARIANE, *à Valère.*

Je ne vous réponds pas des volontés d'un père ;
Mais je ne serai point à d'autre qu'à Valère.

VALÈRE

Que vous me comblez d'aise ! Et quoi que puisse oser…

DORINE

Ah ! jamais les amants ne sont las de jaser[1].
Sortez, vous dis-je.

VALÈRE. *Il fait un pas et revient.*

Enfin…

DORINE

Quel caquet est le vôtre !
Tirez de cette part[2] ; et vous, tirez de l'autre.

Les poussant chacun par l'épaule.

1. ***Jaser*** : parler.
2. ***Tirez de cette part*** : partez de ce côté.

© Studio Lipnitzki/Roger-Viollet

■ Louis Jouvet dans le rôle de Tartuffe, à l'Athénée Théâtre, à Paris, en 1950.

Acte III

Scène première

DAMIS, DORINE

DAMIS

Que la foudre sur l'heure achève mes destins[1],
Qu'on me traite partout du plus grand des faquins[2],
S'il est aucun respect ni pouvoir qui m'arrête,
Et si je ne fais pas quelque coup de ma tête !

DORINE

De grâce, modérez un tel emportement,
Votre père n'a fait qu'en parler simplement :
On n'exécute pas tout ce qui se propose,
Et le chemin est long du projet à la chose.

DAMIS

Il faut que de ce fat[3] j'arrête les complots,
Et qu'à l'oreille un peu je lui dise deux mots.

DORINE

Ha ! tout doux ; envers lui, comme envers votre père,
Laissez agir les soins de votre belle-mère.

---

1. ***Que la foudre sur l'heure achève mes destins*** : que la foudre m'abatte sur-le-champ.
2. ***Faquins*** : vauriens, scélérats.
3. ***Fat*** : sot, prétentieux.

Sur l'esprit de Tartuffe elle a quelque crédit;
Il se rend complaisant à tout ce qu'elle dit,
Et pourrait bien avoir douceur de cœur[1] pour elle.
Plût à Dieu qu'il[2] fût vrai! la chose serait belle.
Enfin votre intérêt l'oblige à le mander[3];
Sur l'hymen[4] qui vous trouble elle veut le sonder,
Savoir ses sentiments, et lui faire connaître
Quels fâcheux démêlés il pourra faire naître,
S'il faut qu'à ce dessein il prête quelque espoir.
Son valet dit qu'il prie, et je n'ai pu le voir;
Mais ce valet m'a dit qu'il s'en allait descendre.
Sortez donc, je vous prie, et me laissez l'attendre.

DAMIS

Je puis être présent à tout cet entretien.

DORINE

Point, il faut qu'ils soient seuls.

DAMIS

Je ne lui dirai rien.

DORINE

Vous vous moquez; on sait vos transports ordinaires[5],
Et c'est le vrai moyen de gâter les affaires.
Sortez.

DAMIS

Non : je veux voir, sans me mettre en courroux.

---

1. ***Douceur de cœur*** : tendresse, penchant amoureux.
2. ***Qu'il*** : que cela.
3. ***Votre intérêt l'oblige à le mander*** : l'intérêt qu'elle vous porte l'oblige à le convoquer.
4. ***Hymen*** : mariage.
5. ***On sait vos transports ordinaires*** : on connaît vos habituelles colères.

DORINE

Que vous êtes fâcheux ! Il vient ; retirez-vous.

Scène 2

TARTUFFE, LAURENT, DORINE

TARTUFFE, *apercevant Dorine.*

Laurent, serrez[1] ma haire[2] avec ma discipline[3],
Et priez que toujours le Ciel vous illumine.
Si l'on vient pour me voir, je vais aux prisonniers
Des aumônes que j'ai partager les deniers.

DORINE

Que d'affectation et de forfanterie[4] !

TARTUFFE

Que voulez-vous ?

DORINE

Vous dire...

TARTUFFE. *Il tire un mouchoir*[5] *de sa poche.*

Ah ! mon Dieu, je vous prie,
Avant que de parler prenez-moi ce mouchoir.

DORINE

Comment ?

---

1. ***Serrez*** : rangez.
2. ***Haire*** : morceau de crin que les religieux portaient à même la peau pour mortifier leur chair et faire pénitence.
3. ***Discipline*** : fouet qui sert à la flagellation.
4. ***Forfanterie*** : vantardise.
5. ***Mouchoir*** : tissu orné de dentelles pouvant servir à la parure.

TARTUFFE

Couvrez ce sein que je ne saurais voir.
Par de pareils objets les âmes sont blessées,
Et cela fait venir de coupables pensées.

DORINE

Vous êtes donc bien tendre[1] à la tentation,
Et la chair sur vos sens fait grande impression ?
Certes, je ne sais pas quelle chaleur vous monte :
Mais à convoiter, moi, je ne suis point si prompte ;
Et je vous verrais nu du haut jusques en bas,
Que toute votre peau ne me tenterait pas.

TARTUFFE

Mettez dans vos discours un peu de modestie[2],
Ou je vais sur-le-champ vous quitter la partie[3].

DORINE

Non, non, c'est moi qui vais vous laisser en repos,
Et je n'ai seulement qu'à vous dire deux mots.
Madame va venir dans cette salle basse[4],
Et d'un mot d'entretien vous demande la grâce.

TARTUFFE

Hélas ! très volontiers.

DORINE, *en soi-même.*

Comme il se radoucit !
Ma foi, je suis toujours pour ce que j'en ai dit[5].

---

1. ***Tendre*** : sensible.
2. ***Modestie*** : ici, retenue, décence.
3. ***Quitter la partie*** : céder la place.
4. ***Basse*** : située au rez-de-chaussée.
5. Dorine a déjà avancé, dans les scènes précédentes, la possibilité d'une tendresse de cœur de Tartuffe à l'égard d'Elmire. Elle réaffirme ici sa conviction.

TARTUFFE

Viendra-t-elle bientôt ?

DORINE

Je l'entends, ce me semble.
Oui, c'est elle en personne, et je vous laisse ensemble.

Scène 3

ELMIRE, TARTUFFE

TARTUFFE

Que le Ciel à jamais par sa toute bonté
Et de l'âme et du corps vous donne la santé,
Et bénisse vos jours autant que le désire
Le plus humble de ceux que son amour inspire !

ELMIRE

Je suis fort obligée à ce souhait pieux ;
Mais prenons une chaise, afin d'être un peu mieux.

TARTUFFE

Comment de votre mal vous sentez-vous remise ?

ELMIRE

Fort bien ; et cette fièvre a bientôt quitté prise.

TARTUFFE

Mes prières n'ont pas le mérite qu'il faut
Pour avoir attiré cette grâce d'en haut ;
Mais je n'ai fait au Ciel nulle dévote instance[1]
Qui n'ait eu pour objet votre convalescence.

1. ***Instance*** : demande, prière.

Elmire

Votre zèle[1] pour moi s'est trop inquiété.

Tartuffe

On ne peut trop chérir votre chère santé,
Et pour la rétablir j'aurais donné la mienne.

Elmire

C'est pousser bien avant la charité chrétienne,
Et je vous dois beaucoup pour toutes ces bontés.

Tartuffe

Je fais bien moins pour vous que vous ne méritez.

Elmire

J'ai voulu vous parler en secret d'une affaire,
Et suis bien aise ici qu'aucun ne nous éclaire[2].

Tartuffe

J'en suis ravi de même ; et sans doute il m'est doux,
Madame, de me voir seul à seul avec vous.
C'est une occasion qu'au Ciel j'ai demandée,
Sans que jusqu'à cette heure il me l'ait accordée.

Elmire

Pour moi, ce que je veux, c'est un mot d'entretien,
Où tout votre cœur s'ouvre et ne me cache rien.

Tartuffe

Et je ne veux aussi pour grâce singulière
Que montrer à vos yeux mon âme tout entière,
Et vous faire serment que les bruits[3] que j'ai faits

---

1. ***Zèle*** : intérêt, dévouement.
2. ***Éclaire*** : épie, surveille.
3. ***Bruits*** : reproches véhéments.

Des visites qu'ici reçoivent vos attraits
Ne sont pas envers vous l'effet[1] d'aucune haine,
Mais plutôt d'un transport de zèle qui m'entraîne,
Et d'un pur mouvement...

ELMIRE

Je le prends bien[2] aussi,
Et crois que mon salut vous donne ce souci.

TARTUFFE. *Il lui serre le bout des doigts.*

Oui, Madame, sans doute ; et ma ferveur est telle...

ELMIRE

Ouf ! vous me serrez trop.

TARTUFFE

C'est par excès de zèle[3].
De vous faire autre mal je n'eus jamais dessein,
Et j'aurais bien plutôt...

Il lui met la main sur le genou.

ELMIRE

Que fait là votre main ?

TARTUFFE

Je tâte votre habit ; l'étoffe en est moelleuse.

ELMIRE

Ah ! de grâce, laissez, je suis fort chatouilleuse.

Elle recule sa chaise, et Tartuffe rapproche la sienne.

---

1. ***Effet*** : conséquence.
2. ***Je le prends bien*** : je le comprends bien.
3. ***Zèle*** : ici, ardeur. Le terme est employé au sens amoureux.

TARTUFFE

Mon Dieu ! que de ce point[1] l'ouvrage est merveilleux !
On travaille aujourd'hui d'un air[2] miraculeux ;
Jamais, en toute chose, on n'a vu si bien faire.

ELMIRE

Il est vrai. Mais parlons un peu de notre affaire.
On tient que mon mari veut dégager sa foi[3],
Et vous donner sa fille ; est-il vrai, dites-moi ?

TARTUFFE

Il m'en a dit deux mots ; mais, Madame, à vrai dire,
Ce n'est pas le bonheur après quoi je soupire ;
Et je vois autre part les merveilleux attraits
De la félicité qui fait tous mes souhaits.

ELMIRE

C'est que vous n'aimez rien des choses de la terre.

TARTUFFE

Mon sein n'enferme pas un cœur qui soit de pierre.

ELMIRE

Pour moi, je crois qu'au Ciel tendent tous vos soupirs,
Et que rien ici-bas n'arrête vos désirs.

TARTUFFE

L'amour qui nous attache aux beautés éternelles
N'étouffe pas en nous l'amour des temporelles.
Nos sens facilement peuvent être charmés[4]
Des ouvrages parfaits que le Ciel a formés.

---

1. ***Point*** : point de dentelle faite à l'aiguille.
2. ***D'un air*** : d'une façon.
3. ***Dégager sa foi*** : revenir sur sa promesse, se dédire.
4. ***Charmés*** : envoûtés, ensorcelés.

Ses attraits réfléchis brillent dans vos pareilles[1] ;
Mais il étale en vous ses plus rares merveilles.
Il a sur votre face épanché des beautés
Dont les yeux sont surpris, et les cœurs transportés,
Et je n'ai pu vous voir, parfaite créature,
Sans admirer en vous l'auteur de la nature,
Et d'une ardente amour sentir mon cœur atteint,
Au[2] plus beau des portraits où lui-même il s'est peint.
D'abord[3], j'appréhendai que cette ardeur[4] secrète
Ne fût du noir esprit[5] une surprise adroite;
Et même à fuir vos yeux mon cœur se résolut,
Vous croyant un obstacle à faire mon salut.
Mais enfin je connus, ô beauté toute[6] aimable,
Que cette passion peut n'être point coupable,
Que je puis l'ajuster avecque la pudeur,
Et c'est ce qui m'y fait abandonner mon cœur.
Ce m'est, je le confesse, une audace bien grande
Que d'oser de ce cœur vous adresser l'offrande;
Mais j'attends en mes vœux tout de votre bonté,
Et rien des vains efforts de mon infirmité[7].
En vous est mon espoir, mon bien, ma quiétude :
De vous dépend ma peine ou ma béatitude[8] ;
Et je vais être enfin, par votre seul arrêt[9],
Heureux, si vous voulez, malheureux, s'il vous plaît.

---

1. ***Ses attraits réfléchis brillent dans vos pareilles*** : les attraits du ciel se reflètent dans la beauté féminine.
2. ***Au*** : devant le, en face du.
3. ***D'abord*** : d'emblée.
4. ***Ardeur*** : sentiment amoureux.
5. ***Noir esprit*** : malin, diable.
6. ***Toute*** : tout; emploi adverbial, «totalement», «entièrement».
7. ***Infirmité*** : faiblesse.
8. ***Béatitude*** : félicité éternelle.
9. ***Arrêt*** : décision.

ELMIRE

La déclaration est tout à fait galante,
Mais elle est, à vrai dire, un peu bien surprenante.
Vous deviez[1], ce me semble, armer mieux votre sein[2],
Et raisonner un peu sur un pareil dessein.
Un dévot comme vous, et que partout on nomme...

TARTUFFE

Ah! pour être dévot, je n'en suis pas moins homme[3];
Et lorsqu'on vient à voir vos célestes appas[4],
Un cœur se laisse prendre, et ne raisonne pas.
Je sais qu'un tel discours de moi paraît étrange;
Mais, Madame, après tout, je ne suis pas un ange;
Et si vous condamnez l'aveu que je vous fais,
Vous devez vous en prendre à vos charmants[5] attraits.
Dès que j'en vis briller la splendeur plus qu'humaine,
De mon intérieur[6] vous fûtes souveraine.
De vos regards divins l'ineffable[7] douceur
Força la résistance où s'obstinait mon cœur;
Elle surmonta tout, jeûnes, prières, larmes,
Et tourna tous mes vœux du côté de vos charmes.
Mes yeux et mes soupirs vous l'ont dit mille fois;
Et pour mieux m'expliquer j'emploie ici la voix.
Que si[8] vous contemplez d'une âme un peu bénigne[9]

---

1. ***Vous deviez*** : vous auriez dû.
2. ***Sein*** : cœur.
3. ***Ah! pour être dévot, je n'en suis pas moins homme*** : pour ce vers, Molière semble s'être souvenu d'une parole prononcée par le héros dans *Sertorius* (1662), de Corneille : «Ah, pour être romain, je n'en suis pas moins homme.»
4. ***Célestes appas*** : divins attraits.
5. ***Charmants*** : envoûtants.
6. ***Mon intérieur*** : mon for intérieur, mon cœur, mes pensées.
7. ***Ineffable*** : qu'on ne peut exprimer.
8. ***Que si*** : et si.
9. ***Bénigne*** : bienveillante.

Les tribulations[1] de votre esclave indigne,
S'il faut que vos bontés veuillent me consoler
Et jusqu'à mon néant daignent se ravaler[2],
J'aurai toujours pour vous, ô suave merveille,
Une dévotion à nulle autre pareille.
Votre honneur avec moi ne court point de hasard[3],
Et n'a nulle disgrâce[4] à craindre de ma part.
Tous ces galants de cour, dont les femmes sont folles,
Sont bruyants[5] dans leurs faits et vains[6] dans leurs paroles.
De leurs progrès sans cesse on les voit se targuer[7];
Ils n'ont point de faveurs qu'ils n'aillent divulguer,
Et leur langue indiscrète, en qui l'on se confie,
Déshonore l'autel où leur cœur sacrifie[8].
Mais les gens comme nous brûlent d'un feu[9] discret,
Avec qui pour toujours on est sûr du secret.
Le soin[10] que nous prenons de notre renommée
Répond de toute chose à la personne aimée;
Et c'est en nous qu'on trouve, acceptant notre cœur,
De l'amour sans scandale et du plaisir sans peur.

ELMIRE

Je vous écoute dire, et votre rhétorique
En termes assez forts à mon âme s'explique.
N'appréhendez-vous point que je ne sois d'humeur

---

1. ***Tribulations*** : épreuves, vicissitudes (vocabulaire religieux).
2. ***Ravaler*** : rabaisser.
3. ***Hasard*** : danger.
4. ***Disgrâce*** : déshonneur.
5. ***Bruyants*** : indiscrets.
6. ***Vains*** : vaniteux, hâbleurs.
7. ***Se targuer*** : se vanter.
8. ***Déshonore l'autel où leur cœur sacrifie*** : nuit à l'honneur de la femme pour laquelle ils prétendent se sacrifier.
9. ***Feu*** : amour.
10. ***Soin*** : attention.

À dire à mon mari cette galante ardeur ?
Et que le prompt avis[1] d'un amour de la sorte
Ne pût bien altérer l'amitié qu'il vous porte ?

TARTUFFE

Je sais que vous avez trop de bénignité[2],
Et que vous ferez grâce à ma témérité,
Que vous m'excuserez sur[3] l'humaine faiblesse
Des violents transports d'un amour qui vous blesse,
Et considérerez, en regardant votre air,
Que l'on n'est pas aveugle, et qu'un homme est de chair.

ELMIRE

D'autres prendraient cela d'autre façon peut-être ;
Mais ma discrétion se veut faire paraître.
Je ne redirai point l'affaire à mon époux ;
Mais je veux en revanche une chose de vous :
C'est de presser tout franc et sans nulle chicane[4]
L'union de Valère avecque Mariane,
De renoncer vous-même à l'injuste pouvoir
Qui veut du bien d'un autre enrichir votre espoir,
Et…

1. ***Prompt avis*** : aveu impulsif.
2. ***Bénignité*** : indulgence, douceur.
3. ***Sur*** : en considérant.
4. ***Chicane*** : ruse, complication.

■ Damis (Sébastien Pouderoux) surprenant les propos de Tartuffe (Guillaume Bresson) à Elmire (Pauline Lorillard). Grâce à l'affaissement progressif de la maison d'Orgon (voir présentation, p. 23), la mise en scène de Stéphane Braunschweig (théâtre de l'Odéon, 2008) suggère dans l'espace scénique deux comportements différents : celui de Damis qui entend dénoncer sans ambages l'imposteur Tartuffe et celui d'Elmire qui sait que, pour arriver à ses fins, il faut se prêter au jeu de la comédie amoureuse.

Scène 4

DAMIS, ELMIRE, TARTUFFE

DAMIS, *sortant du petit cabinet où il s'était retiré.*

Non, Madame, non ; ceci doit se répandre[1].
J'étais en cet endroit, d'où j'ai pu tout entendre ;
Et la bonté du Ciel m'y semble avoir conduit
Pour confondre l'orgueil d'un traître qui me nuit,
Pour m'ouvrir une voie à prendre la vengeance
De son hypocrisie et de son insolence,
À détromper mon père, et lui mettre en plein jour
L'âme d'un scélérat qui vous parle d'amour.

ELMIRE

Non, Damis : il suffit qu'il se rende plus sage,
Et tâche à mériter la grâce où je m'engage.
Puisque je l'ai promis, ne m'en dédites pas[2].
Ce n'est point mon humeur de faire des éclats[3] ;
Une femme se rit de sottises pareilles,
Et jamais d'un mari n'en trouble les oreilles.

DAMIS

Vous avez vos raisons pour en user ainsi,
Et pour faire autrement j'ai les miennes aussi.
Le vouloir épargner est une raillerie ;
Et l'insolent orgueil de sa cagoterie[4]
N'a triomphé que trop de mon juste courroux,
Et que trop excité de désordre chez nous.

---

1. ***Se répandre*** : se savoir.
2. ***Ne m'en dédites pas*** : ne me faites pas revenir sur ma parole.
3. ***Faire des éclats*** : faire scandale.
4. ***Cagoterie*** : bigoterie, fausse dévotion.

■ Tartuffe (Gérard Depardieu) et Elmire (Élisabeth Guignot), dans la mise en scène de Jacques Lassalle au Théâtre national de Strasbourg, en 1984.

Le fourbe trop longtemps a gouverné[1] mon père,
Et desservi mes feux[2] avec ceux de Valère.
Il faut que du perfide il soit désabusé,
Et le Ciel pour cela m'offre un moyen aisé.
De cette occasion je lui suis redevable,
Et pour la négliger, elle est trop favorable.
Ce serait mériter qu'il me la vînt ravir
Que de l'avoir en main et ne m'en pas servir.

ELMIRE

Damis…

DAMIS

Non, s'il vous plaît, il faut que je me croie[3].
Mon âme est maintenant au comble de sa joie;
Et vos discours en vain prétendent m'obliger
À quitter le[4] plaisir de me pouvoir venger.
Sans aller plus avant, je vais vuider d'affaire[5];
Et voici justement de quoi me satisfaire.

Scène 5

ORGON, DAMIS, TARTUFFE, ELMIRE

DAMIS

Nous allons régaler, mon père, votre abord[6]
D'un incident tout frais qui vous surprendra fort.

---

1. ***A gouverné*** : a eu du crédit, de l'influence sur.
2. ***Feux*** : sentiments amoureux.
3. ***Il faut que je me croie*** : il faut que j'agisse selon mon idée.
4. ***À quitter le*** : à renoncer au.
5. ***Vuider d'affaire*** : terminer, régler l'affaire.
6. ***Régaler* [...] *votre abord*** : fêter votre arrivée.

Le Tartuffe, une pièce créée pour le Roi Soleil

La première représentation du *Tartuffe* de Molière a lieu le 12 mai 1664, durant les festivités des Plaisirs de l'Île enchantée : autour de Louis XIV, toute la Cour est réunie à Versailles pour assister à des défilés équestres, des courses mais aussi des ballets et des comédies en guise de divertissements royaux.

▲ Les fêtes des Plaisirs de l'Île enchantée, donnée par Louis XIV à Versailles en 1664, estampe de Silvestre Israël, XVIIe siècle, château de Versailles.
À l'occasion de ces fêtes, une scène a été dressée dans une allée du château. L'ouverture sur les jardins de Versailles, en toile de fond, donne une dimension grandiose aux représentations théâtrales, pour lesquelles le Roi Soleil se passionne.

L'affaire *Tartuffe*

Malgré le soutien de Louis XIV, la pièce de Molière est interdite à l'issue de sa première représentation, sous l'influence de membres éminents du clergé, dont l'abbé Roullé et Hardouin de Péréfixe de Beaumont, archevêque de Paris.
Violemment attaqué par l'Église, Molière se voit contraint de remanier son texte et d'en proposer une deuxième, puis une troisième version, susceptible d'être acceptée par les dévots.

◀ Molière représenté tenant *Le Tartuffe* à la main, estampe de Nicolas Habert, XVIIe siècle, château de Versailles.

▶ Portrait de l'archevêque de Paris, Hardouin de Péréfixe de Beaumont (1606-1670), estampe de Robert Nanteuil, 1665, château de Versailles.

Interdit de représentations publiques pendant quasiment cinq ans, *Le Tartuffe* continue d'être lu dans les illustres salons du Grand Condé, l'un des nobles les plus éminents de la Cour, ou de Ninon de Lenclos.

Femme du monde célèbre, esprit fort en son temps, cette dernière corrigea la première version de la pièce de Molière, dont elle était très proche.

▲ Nicolas-André Monsiau, *Molière lisant* Le Tartuffe *chez Ninon de Lenclos*, bibliothèque de la Comédie-Française, Paris.
Sur ce tableau du peintre Monsiau (1754-1837), Ninon de Lenclos, la seule femme, vêtue d'une robe chatoyante, se tient au centre d'un groupe exclusivement masculin, constitué de personnages célèbres du XVIIe siècle. Dans son salon, tous assistent à la lecture que Molière fait de son *Tartuffe*.

L'imposture en décors

La plupart des représentations du *Tartuffe* prennent place dans un décor unique : la maison d'Orgon, située à Paris, où logent Tartuffe, ceux qui l'adulent (Orgon, Madame Pernelle) et ceux qui s'en méfient (Dorine, Elmire, Cléante). C'est dans ce seul endroit que se concentrent toutes les tensions entre les personnages de la pièce.

▲ Mise en scène de Marcel Bozonnet à la Comédie-Française (2005), avec Éric Genovese dans le rôle de Tartuffe et Catherine Hiegel dans celui de Dorine.

Questions

1. Comparez les décors des mises en scène de cette double page. Comment transcrivent-ils visuellement le caractère manipulateur de Tartuffe et l'emprise qu'il exerce sur la famille d'Orgon ?
2. Quelle est la scène représentée dans les clichés des mises en scène de Marcel Bozonnet et Éric Lacascade ? Comparez le geste de Tartuffe et le rapport de force qui s'instaure entre les personnages dans les deux interprétations.

▲ Maquette plane de décor, réalisée par Robert Hirsch, pour la mise en scène de Jacques Charon à la Comédie-Française (1968).

▲ Mise en scène d'Éric Lacascade au théâtre des Gémeaux à Sceaux (2011), avec Éric Lacascade dans le rôle de Tartuffe et Norah Krief dans celui de Dorine.

Une comédie ?

Si *Le Tartuffe* se présente comme une comédie, genre dont il possède de nombreuses caractéristiques (comique de caractère, de situation…), le personnage-titre et la fascination qu'il exerce sur son entourage créent une atmosphère inquiétante. En particulier, Elmire s'expose dangereusement à la perversité de Tartuffe ; son rôle s'approche alors du registre tragique, comme le soulignent certaines interprétations.

▲ Mise en scène de Brigitte Jaques-Wajeman au château de Grignan, lors des Fêtes nocturnes de Grignan en 2009, avec Thibault Perrenoud dans le rôle de Tartuffe et Pierre Stefan Montagnier dans celui d'Orgon.

▶ Mise en scène de Benno Besson au théâtre de l'Odéon (1995).

Questions

1. Dans les mises en scène de Brigitte Jaques-Wajeman et de Benno Besson, quels éléments accentuent le registre comique des scènes représentées ?
2. Dans la mise en scène de Benno Besson, comment interpréter une telle représentation de l'intervention du roi qui clôt la pièce ?
3. Observez le personnage d'Elmire dans la mise en scène de Braunschweig et dans l'adaptation filmique de Murnau, p. 7. En quoi ce personnage assume-t-il la tension tragique de la pièce ?

▲ *Herr Tartüff*, 1925, film réalisé par le cinéaste expressionniste allemand Friedrich Wilhelm Murnau (1888-1930).

▲ Mise en scène de Stéphane Braunschweig au théâtre de l'Odéon (2008), acte IV, scène 5, avec Clément Bresson dans le rôle de Tartuffe, Claude Duparfait dans celui d'Orgon et Pauline Lorillard dans celui d'Elmire.

Tartuffe d'après Tartuffe de Molière

En 2009, aux Laboratoires d'Aubervilliers, Gwenaël Morin crée *Tartuffe d'après Tartuffe de Molière*, une comédie librement inspirée par *Le Tartuffe*, dont il conserve en grande partie le texte. La pièce prend pour cadre un décor contemporain, un tapis de sol vert vif éclairé au néon, avec des toiles de maître photocopiées en arrière-plan, et les acteurs portent des costumes du XXIe siècle. De cette manière, la troupe du Théâtre permanent vise à transmettre l'atemporalité des questionnements soulevés par la pièce de Molière.

▲ *Tartuffe d'après Tartuffe de Molière* de Gwenaël Morin, représenté au théâtre de la Bastille (2010), avec Barbara Jung dans le rôle d'Elmire et Grégoire Monsaingeon dans celui d'Orgon. Comme de nombreux metteurs en scène contemporains, Morin insiste sur la faiblesse d'Orgon, incapable d'assumer sa responsabilité de chef de famille. Le milieu bourgeois et hypocrite dont il est issu ne peut que générer des Tartuffes. Sur scène, un sous-titre inscrit sur un tableau noir accable Orgon : « *Tartuffe d'après Tartuffe de Molière*, ou voir tout sans rien croire, ou l'histoire d'un homme traître à lui-même. »

Vous êtes bien payé de toutes vos caresses[1],
Et Monsieur d'un beau prix reconnaît vos tendresses.
Son grand zèle[2] pour vous vient de se déclarer.
Il ne va pas à moins qu'à vous déshonorer ;
Et je l'ai surpris là qui faisait à Madame
L'injurieux aveu d'une coupable flamme.
Elle est d'une humeur douce, et son cœur trop discret
Voulait à toute force en garder le secret ;
Mais je ne puis flatter[3] une telle impudence[4],
Et crois que vous la taire est vous faire une offense.

ELMIRE

Oui, je tiens que jamais de tous ces vains propos
On ne doit d'un mari traverser le repos,
Que ce n'est point de là que l'honneur peut dépendre,
Et qu'il suffit pour nous de savoir nous défendre.
Ce sont mes sentiments ; et vous n'auriez rien dit,
Damis, si j'avais eu sur vous quelque crédit.

Scène 6

ORGON, DAMIS, TARTUFFE

ORGON

Ce que je viens d'entendre, ô Ciel ! est-il croyable ?

TARTUFFE

Oui, mon frère, je suis un méchant, un coupable,
Un malheureux pécheur, tout plein d'iniquité[5],

---

1. ***Caresses*** : marques d'affection, attentions.
2. ***Zèle*** : empressement, attention extrême.
3. ***Flatter*** : excuser, cautionner.
4. ***Impudence*** : offense.
5. ***Iniquité*** : méchanceté, injustice.

Le plus grand scélérat qui jamais ait été ;
Chaque instant de ma vie est chargé de souillures ;
Elle n'est qu'un amas de crimes et d'ordures ;
Et je vois que le Ciel, pour ma punition,
Me veut mortifier[1] en cette occasion.
De quelque grand forfait[2] qu'on me puisse reprendre,
Je n'ai garde d'avoir l'orgueil de m'en défendre.
Croyez ce qu'on vous dit, armez votre courroux,
Et comme un criminel chassez-moi de chez vous.
Je ne saurais avoir tant de honte en partage,
Que je n'en aie encor mérité davantage.

ORGON, *à son fils.*

Ah ! traître, oses-tu bien par cette fausseté
Vouloir de sa vertu ternir la pureté ?

DAMIS

Quoi ! la feinte douceur de cette âme hypocrite
Vous fera démentir[3]…

ORGON

Tais-toi, peste maudite.

TARTUFFE

Ah ! laissez-le parler : vous l'accusez à tort,
Et vous ferez bien mieux de croire à son rapport[4].
Pourquoi sur un tel fait m'être si favorable ?
Savez-vous, après tout, de quoi je suis capable ?
Vous fiez-vous, mon frère, à mon extérieur ?
Et, pour tout ce qu'on voit, me croyez-vous meilleur ?

---

1. ***Mortifier*** : mettre à l'épreuve.
2. ***Forfait*** : crime.
3. ***Démentir*** : contredire quelqu'un en niant la véracité de ce qu'il affirme.
4. ***Rapport*** : témoignage.

Non, non, vous vous laissez tromper à[1] l'apparence,
Et je ne suis rien moins, hélas! que ce qu'on pense.
Tout le monde me prend pour un homme de bien;
Mais la vérité pure est que je ne vaux rien.

S'adressant à Damis.

Oui, mon cher fils, parlez, traitez-moi de perfide,
D'infâme, de perdu, de voleur, d'homicide;
Accablez-moi de noms encor plus détestés;
Je n'y contredis point, je les ai mérités,
Et j'en veux à genoux souffrir[2] l'ignominie,
Comme une honte due aux crimes de ma vie.

ORGON, *à Tartuffe.*

Mon frère, c'en est trop.

À son fils.

Ton cœur ne se rend point,
Traître?

DAMIS

Quoi! ses discours vous séduiront[3] au point…

ORGON

Tais-toi, pendard.

À Tartuffe.

Mon frère, eh! levez-vous, de grâce!

À son fils.

Infâme!

DAMIS

Il peut…

---

1. ***À*** : par.
2. ***Souffrir*** : supporter, endurer.
3. ***Séduiront*** : tromperont.

ORGON

Tais-toi.

DAMIS

J'enrage ! Quoi ! je passe…

ORGON

Si tu dis un seul mot, je te romprai les bras.

TARTUFFE

Mon frère, au nom de Dieu, ne vous emportez pas.
J'aimerais mieux souffrir la peine la plus dure
Qu'il eût reçu pour moi la moindre égratignure.

ORGON, *à son fils.*

Ingrat !

TARTUFFE

Laissez-le[1] en paix. S'il faut à deux genoux
Vous demander sa grâce…

ORGON, *à Tartuffe.*

Hélas ! vous moquez-vous ?

À son fils.

Coquin ! vois sa bonté.

DAMIS

Donc…

ORGON

Paix.

DAMIS

Quoi ! je…

---

1. ***Laissez-le*** : le *e* s'élide – « laisse-l(e) en paix » – pour des raisons de versification.

ORGON

Paix, dis-je.

Je sais bien quel motif à l'attaquer t'oblige.
Vous le haïssez tous ; et je vois aujourd'hui
Femme, enfants et valets déchaînés contre lui.
On met impudemment toute chose en usage,
Pour ôter de chez moi ce dévot personnage.
Mais plus on fait d'effort afin de l'en bannir,
Plus j'en veux employer à l'y mieux retenir ;
Et je vais me hâter de lui donner ma fille,
Pour confondre[1] l'orgueil de toute ma famille.

DAMIS

À recevoir sa main on pense l'obliger ?

ORGON

Oui, traître, et dès ce soir, pour vous faire enrager.
Ah ! je vous brave tous, et vous ferai connaître
Qu'il faut qu'on m'obéisse et que je suis le maître.
Allons, qu'on se rétracte, et qu'à l'instant, fripon,
On se jette à ses pieds pour demander pardon.

DAMIS

Qui, moi ? de ce coquin, qui par ses impostures…

ORGON

Ah ! tu résistes, gueux[2], et lui dis des injures ?
Un bâton ! un bâton !

À Tartuffe.

Ne me retenez pas.

À son fils.

1. ***Confondre*** : démasquer, réduire à l'impuissance en couvrant de honte.
2. ***Gueux*** : misérable, coquin.

Sus[1], que de ma maison on sorte de ce pas,
Et que d'y revenir on n'ait jamais l'audace.

DAMIS

Oui, je sortirai ; mais…

ORGON

Vite, quittons la place[2].
Je te prive, pendard, de ma succession,
Et te donne de plus ma malédiction.

Scène 7

ORGON, TARTUFFE

ORGON

Offenser de la sorte une sainte personne !

TARTUFFE

Ô Ciel ! pardonne-lui la douleur qu'il me donne.

À Orgon.

Si vous pouviez savoir avec quel déplaisir
Je vois qu'envers mon frère on tâche à me noircir…

ORGON

Hélas !

TARTUFFE

Le seul penser de cette ingratitude
Fait souffrir[3] à mon âme un supplice si rude…

---

1. ***Sus*** : allons.
2. ***Quittons la place*** : pars, prends congé (adressé à Damis).
3. ***Souffrir*** : supporter, endurer.

L'horreur que j'en conçois… J'ai le cœur si serré
Que je ne puis parler, et crois que j'en mourrai.

ORGON. *Il court tout en larmes à la porte par où il a chassé son fils.*

Coquin ! je me repens que ma main t'ait fait grâce,
Et ne t'ait pas d'abord[1] assommé sur la place.
Remettez-vous, mon frère, et ne vous fâchez pas.

TARTUFFE

Rompons, rompons le cours de ces fâcheux débats.
Je regarde céans[2] quels grands troubles j'apporte,
Et crois qu'il est besoin, mon frère, que j'en sorte.

ORGON

Comment ? vous moquez-vous ?

TARTUFFE

On m'y hait, et je vois
Qu'on cherche à vous donner des soupçons de ma foi.

ORGON

Qu'importe ? Voyez-vous que mon cœur les écoute ?

TARTUFFE

On ne manquera pas de poursuivre, sans doute[3] ;
Et ces mêmes rapports[4] qu'ici vous rejetez
Peut-être une autre fois seront-ils écoutés.

ORGON

Non, mon frère, jamais.

---

1. ***D'abord*** : d'emblée.
2. ***Céans*** : ici.
3. ***Sans doute*** : sans aucun doute, assurément.
4. ***Rapports*** : témoignages.

TARTUFFE

Ah ! mon frère, une femme
Aisément d'un mari peut bien surprendre[1] l'âme.

ORGON

Non, non.

TARTUFFE

Laissez-moi vite, en m'éloignant d'ici,
Leur ôter tout sujet de m'attaquer ainsi.

ORGON

Non, vous demeurerez ; il y va de ma vie.

TARTUFFE

Hé bien ! il faudra donc que je me mortifie[2].
Pourtant, si vous vouliez…

ORGON

Ah !

TARTUFFE

Soit : n'en parlons plus.
Mais je sais comme il faut en user là-dessus.
L'honneur est délicat, et l'amitié m'engage
À prévenir les bruits et les sujets d'ombrage[3].
Je fuirai votre épouse, et vous ne me verrez…

ORGON

Non, en dépit de tous, vous la fréquenterez.
Faire enrager le monde est ma plus grande joie,
Et je veux qu'à toute heure avec elle on vous voie.

---

1. ***Surprendre*** : tromper.
2. ***Que je me mortifie*** : que je m'inflige cette souffrance pour plaire à Dieu.
3. ***À prévenir les bruits et les sujets d'ombrage*** : à empêcher les rumeurs et les motifs de querelle.

■ Tartuffe (Philippe Torreton) et Orgon (Jean Dautremay) dans la mise en scène de Dominique Pitoiset à la Comédie-Française, à Paris, en 1997.

Ce n'est pas tout encor ; pour les mieux braver tous,
Je ne veux point avoir d'autre héritier que vous ;
Et je vais de ce pas, en fort bonne manière,
Vous faire de mon bien donation entière.
Un bon et franc ami, que pour gendre je prends,
M'est bien plus cher que fils, que femme, et que parents.
N'accepterez-vous pas ce que je vous propose ?

TARTUFFE

La volonté du Ciel soit faite en toute chose.

ORGON

Le pauvre homme ! Allons vite en dresser un écrit,
Et que puisse l'envie en crever de dépit !

Acte IV

Scène première

CLÉANTE, TARTUFFE

CLÉANTE

Oui, tout le monde en parle, et vous m'en pouvez croire,
L'éclat que fait ce bruit n'est point à votre gloire;
Et je vous ai trouvé, Monsieur, fort à propos,
Pour vous en dire net ma pensée en deux mots.
Je n'examine point à fond ce qu'on expose[1],
Je passe là-dessus, et prends au pis la chose[2].
Supposons que Damis n'en ait pas bien usé[3],
Et que ce soit à tort qu'on vous ait accusé :
N'est-il pas d'un chrétien de pardonner l'offense,
Et d'éteindre en son cœur tout désir de vengeance?
Et devez-vous souffrir[4], pour votre démêlé[5],
Que du logis d'un père un fils soit exilé?
Je vous le dis encore, et parle avec franchise,
Il n'est petit ni grand qui ne s'en scandalise;
Et si vous m'en croyez, vous pacifierez tout,

---

1. ***Je n'examine point à fond ce qu'on expose*** : je ne remets pas en cause les termes du problème.
2. ***Je [...] prends au pis la chose*** : j'envisage la pire des éventualités.
3. ***N'en ait pas bien usé*** : se soit mal comporté.
4. ***Souffrir*** : accepter.
5. ***Pour votre démêlé*** : à cause de votre différend.

Et ne pousserez point les affaires à bout[1].
Sacrifiez à Dieu toute votre colère,
Et remettez le fils en grâce avec le père.

TARTUFFE

Hélas ! je le voudrais, quant à moi, de bon cœur ;
Je ne garde pour lui, Monsieur, aucune aigreur ;
Je lui pardonne tout, de rien je ne le blâme,
Et voudrais le servir du meilleur de mon âme ;
Mais l'intérêt du Ciel n'y saurait consentir,
Et s'il rentre céans[2], c'est à moi d'en sortir.
Après son action, qui n'eut jamais d'égale,
Le commerce entre nous porterait du scandale[3] :
Dieu sait ce que d'abord[4] tout le monde en croirait ;
À pure politique[5] on me l'imputerait ;
Et l'on dirait partout que, me sentant coupable,
Je feins pour qui m'accuse un zèle[6] charitable,
Que mon cœur l'appréhende[7] et veut le ménager,
Pour le pouvoir sous main au silence engager[8].

CLÉANTE

Vous nous payez ici d'excuses colorées[9],
Et toutes vos raisons, Monsieur, sont trop tirées[10].

---

1. ***Ne pousserez point les affaires à bout*** : n'irez pas jusqu'au bout de cette querelle.
2. ***Céans*** : ici.
3. ***Le commerce entre nous porterait du scandale*** : notre relation serait jugée scandaleuse.
4. ***D'abord*** : d'emblée.
5. ***Politique*** : calcul, stratégie intéressée.
6. ***Zèle*** : empressement, attention extrême.
7. ***L'appréhende*** : le craint.
8. ***Pour le pouvoir sous main au silence engager*** : pour obtenir secrètement qu'il ne me dénonce pas.
9. ***Colorées*** : fausses, sophistiques.
10. ***Tirées*** : compliquées, invraisemblables.

Des intérêts du Ciel pourquoi vous chargez-vous ?
Pour punir le coupable a-t-il besoin de nous ?
Laissez-lui, laissez-lui le soin de ses vengeances,
Ne songez qu'au pardon qu'il prescrit des offenses ;
Et ne regardez point aux jugements humains[1],
Quand vous suivez du Ciel les ordres souverains.
Quoi ! le faible intérêt[2] de ce qu'on pourra croire
D'une bonne action empêchera la gloire ?
Non, non, faisons toujours ce que le Ciel prescrit,
Et d'aucun autre soin[3] ne nous brouillons l'esprit.

TARTUFFE

Je vous ai déjà dit que mon cœur lui pardonne,
Et c'est faire, Monsieur, ce que le Ciel ordonne ;
Mais après le scandale et l'affront d'aujourd'hui,
Le Ciel n'ordonne pas que je vive avec lui.

CLÉANTE

Et vous ordonne-t-il, Monsieur, d'ouvrir l'oreille
À ce qu'un pur caprice à son père conseille,
Et d'accepter le don qui vous est fait d'un bien
Où[4] le droit vous oblige à ne prétendre rien ?

TARTUFFE

Ceux qui me connaîtront n'auront pas la pensée
Que ce soit un effet d'une âme intéressée[5].
Tous les biens de ce monde ont pour moi peu d'appas[6],

---

1. ***Ne regardez point aux jugements humains*** : ne vous souciez point de l'opinion publique.
2. ***Le faible intérêt*** : le souci futile.
3. ***Soin*** : préoccupation.
4. ***Où*** : à propos duquel.
5. ***Que ce soit un effet d'une âme intéressée*** : que ce soit motivé par l'intérêt.
6. ***Appas*** : attraits.

De leur éclat[1] trompeur je ne m'éblouis pas ;
Et si je me résous à recevoir du père
Cette donation qu'il a voulu me faire,
Ce n'est, à dire vrai, que parce que je crains
Que tout ce bien ne tombe en de méchantes mains,
Qu'il ne trouve des gens qui, l'ayant en partage,
En fassent dans le monde un criminel usage,
Et ne s'en servent pas, ainsi que j'ai dessein,
Pour la gloire du Ciel et le bien du prochain.

CLÉANTE

Eh, Monsieur, n'ayez point ces délicates craintes,
Qui d'un juste héritier peuvent causer les plaintes.
Souffrez, sans vous vouloir embarrasser de rien,
Qu'il soit à ses périls[2] possesseur de son bien ;
Et songez qu'il vaut mieux encor qu'il en mésuse[3]
Que si[4] de l'en frustrer il faut qu'on vous accuse.
J'admire[5] seulement que sans confusion
Vous en ayez souffert la proposition :
Car enfin le vrai zèle[6] a-t-il quelque maxime
Qui montre à[7] dépouiller l'héritier légitime ?
Et s'il faut que le Ciel dans votre cœur ait mis
Un invincible obstacle à vivre avec Damis,
Ne vaudrait-il pas mieux qu'en personne discrète
Vous fissiez de céans une honnête retraite
Que de souffrir ainsi, contre toute raison,
Qu'on en chasse pour vous le fils de la maison ?

1. ***Éclat*** : attrait.
2. ***À ses périls*** : à ses risques et périls.
3. ***Mésuse*** : fasse un mauvais usage.
4. ***Que si*** : plutôt que.
5. ***J'admire*** : je m'étonne.
6. ***Zèle*** : attention extrême.
7. ***Quelque maxime/Qui montre à*** : quelque loi qui incite à.

© Agence Bernand

■ Tartuffe (Michel Auclair, à droite) et Cléante (Gérard Guillaumat) dans une mise en scène de Roger Planchon, en 1964.

Croyez-moi, c'est donner de votre prud'homie[1],
Monsieur...

TARTUFFE

Il est, Monsieur, trois heures et demie;
Certain devoir pieux me demande là-haut,
Et vous m'excuserez de vous quitter si tôt[2].

CLÉANTE

Ah!

Scène 2

ELMIRE, MARIANE, DORINE, CLÉANTE

DORINE

De grâce, avec nous employez-vous pour elle,
Monsieur; son âme souffre[3] une douleur mortelle;
Et l'accord que son père a conclu pour ce soir
La fait, à tous moments, entrer en désespoir.
Il va venir; joignons nos efforts, je vous prie,
Et tâchons d'ébranler, de force ou d'industrie[4],
Ce malheureux dessein qui nous a tous troublés.

---

1. ***Donner de votre prud'homie*** : donner (une faible) preuve de vôtre honnêteté.
2. ***Tôt*** : vite.
3. ***Souffre*** : supporte, endure.
4. ***D'industrie*** : par la ruse.

Scène 3

Orgon, Elmire, Mariane, Cléante, Dorine

Orgon

Ha ! je me réjouis de vous voir assemblés :

À Mariane.

Je porte en ce contrat de quoi vous faire rire,
Et vous savez déjà ce que cela veut dire.

Mariane, *à genoux.*

Mon père, au nom du Ciel, qui connaît ma douleur,
Et par tout ce qui peut émouvoir votre cœur,
Relâchez-vous un peu des droits de la naissance[1],
Et dispensez mes vœux de cette obéissance.
Ne me réduisez point par cette dure loi
Jusqu'à[2] me plaindre au Ciel de ce que je vous dois[3],
Et cette vie, hélas ! que vous m'avez donnée,
Ne me la rendez pas, mon père, infortunée.
Si, contre un doux espoir que j'avais pu former,
Vous me défendez[4] d'être à ce que[5] j'ose aimer,
Au moins, par vos bontés, qu'à vos genoux j'implore,
Sauvez-moi du tourment d'être à ce que j'abhorre[6],
Et ne me portez point à quelque désespoir,
En vous servant sur moi de tout votre pouvoir.

---

1. ***Droits de la naissance*** : droits que donne le statut de père.
2. ***Ne me réduisez point* [...]/*Jusqu'à*** : ne m'obligez pas à.
3. ***Me plaindre* [...] *de ce que je vous dois*** : déplorer mon existence.
4. ***Vous me défendez*** : vous m'interdisez.
5. ***D'être à ce que*** : d'appartenir à celui que.
6. ***Ce que j'abhorre*** : ce que j'ai en horreur.

ORGON, *se sentant attendrir.*

Allons, ferme[1], mon cœur, point de faiblesse humaine.

MARIANE

Vos tendresses pour lui ne me font point de peine;
Faites-les éclater, donnez-lui votre bien,
Et, si ce n'est assez, joignez-y tout le mien;
J'y consens de bon cœur, et je vous l'abandonne;
Mais au moins n'allez pas jusques à ma personne,
Et souffrez[2] qu'un couvent dans les austérités
Use les tristes jours que le Ciel m'a comptés.

ORGON

Ah! voilà justement de mes religieuses,
Lorsqu'un père combat leurs flammes amoureuses.
Debout! Plus votre cœur répugne à l'accepter,
Plus ce sera pour vous matière à mériter[3] :
Mortifiez[4] vos sens avec ce mariage,
Et ne me rompez pas la tête davantage.

DORINE

Mais quoi…

ORGON

Taisez-vous, vous. Parlez à votre écot[5];
Je vous défends tout net d'oser dire un seul mot.

---

1. ***Ferme*** : tiens ferme, ne t'attendris pas.
2. ***Souffrez*** : acceptez.
3. ***Matière à mériter*** : l'occasion de vous acquérir des mérites.
4. ***Mortifiez*** : réprimez, domptez.
5. ***Parlez à votre écot*** : se dit familièrement à une personne se mêlant de parler à des gens qui ne lui adressent pas la parole. L'écot désignant les tables qui accueillent plusieurs convives dans les cabarets, «parler à son écot» consiste à converser avec son voisin de tablée.

CLÉANTE

Si par quelque conseil vous souffrez qu'on réponde…

ORGON

Mon frère, vos conseils sont les meilleurs du monde,
Ils sont bien raisonnés, et j'en fais un grand cas;
Mais vous trouverez bon que je n'en use pas.

ELMIRE, *à son mari.*

À voir ce que je vois, je ne sais plus que dire,
Et votre aveuglement fait que je vous admire[1].
C'est être bien coiffé[2], bien prévenu de lui[3],
Que de nous démentir[4] sur le fait d'aujourd'hui.

ORGON

Je suis votre valet[5], et crois les apparences.
Pour mon fripon de fils je sais vos complaisances
Et vous avez eu peur de le désavouer
Du trait[6] qu'à ce pauvre homme il a voulu jouer.
Vous étiez trop tranquille enfin pour être crue,
Et vous auriez paru d'autre manière émue[7].

ELMIRE

Est-ce qu'au simple aveu d'un amoureux transport
Il faut que notre honneur se gendarme[8] si fort?
Et ne peut-on répondre à tout ce qui le touche
Que le feu dans les yeux et l'injure à la bouche?

---

1. ***Que je vous admire*** : que vous m'étonnez.
2. ***Bien coiffé*** : entêté, entiché.
3. ***Bien prévenu de lui*** : bien disposé en sa faveur.
4. ***Nous démentir*** : nous contredire quant à la véracité de ce que nous affirmons.
5. ***Je suis votre valet*** : formule signifiant une fin de non-recevoir.
6. ***Trait*** : attaque verbale, accusation.
7. ***Émue*** : surprise, embarrassée.
8. ***Se gendarme*** : s'emporte.

Pour moi, de tels propos je me ris simplement,
Et l'éclat[1] là-dessus ne me plaît nullement ;
J'aime qu'avec douceur nous nous montrions sages,
Et ne suis point du tout pour ces prudes[2] sauvages
Dont l'honneur est armé de griffes et de dents,
Et veut au moindre mot dévisager[3] les gens.
Me préserve le Ciel d'une telle sagesse !
Je veux une vertu qui ne soit point diablesse,
Et crois que d'un refus la discrète froideur
N'en est pas moins puissante à rebuter[4] un cœur.

ORGON

Enfin je sais l'affaire et ne prends point le change[5].

ELMIRE

J'admire[6], encore un coup, cette faiblesse étrange.
Mais que me répondrait votre incrédulité
Si je vous faisais voir qu'on vous dit vérité ?

ORGON

Voir[7] ?

ELMIRE

Oui.

---

1. ***Éclat*** : scandale.
2. ***Prudes*** : femmes qui affichent un air sage, une pudeur excessive.
3. ***Dévisager*** : défigurer, blesser au visage en griffant.
4. ***Rebuter*** : rejeter.
5. **[*Je*] *ne prends point le change*** : je ne me laisse point abuser. « Prendre le change » est une expression qui, dans le domaine de la chasse, désigne le fait de se laisser abuser par la tactique d'une bête poursuivie qui lance les chasseurs sur la piste d'une autre proie.
6. ***J'admire*** : je suis étonnée, stupéfiée par.
7. ***Voir ?*** : vraiment ?

Orgon

Chansons.

Elmire

Mais quoi ! si je trouvais manière
De vous le faire voir avec pleine lumière ?

Orgon

Contes en l'air.

Elmire

Quel homme ! Au moins répondez-moi.
Je ne vous parle pas de nous ajouter foi ;
Mais supposons ici que, d'un lieu qu'on peut prendre[1],
On vous fît clairement tout voir et tout entendre,
Que diriez-vous alors de votre homme de bien ?

Orgon

En ce cas, je dirais que… Je ne dirais rien,
Car cela ne se peut.

Elmire

L'erreur trop longtemps dure,
Et c'est trop condamner ma bouche d'imposture[2].
Il faut que par plaisir, et sans aller plus loin,
De tout ce qu'on vous dit je vous fasse témoin.

Orgon

Soit ; je vous prends au mot. Nous verrons votre adresse,
Et comment vous pourrez remplir cette promesse.

Elmire

Faites-le-moi venir.

---

1. ***Qu'on peut prendre*** : où l'on peut se mettre.
2. ***Condamner ma bouche d'imposture*** : m'accuser de dire des mensonges.

DORINE

Son esprit est rusé,
Et peut-être à surprendre[1] il sera malaisé.

ELMIRE

Non ; on est aisément dupé par ce qu'on aime ;
Et l'amour-propre engage à se tromper soi-même.
Faites-le-moi descendre ;

Parlant à Cléante et à Mariane.

Et vous, retirez-vous.

Scène 4

ELMIRE, ORGON

ELMIRE

Approchons cette table, et vous mettez dessous[2].

ORGON

Comment ?

ELMIRE

Vous bien cacher est un point nécessaire.

ORGON

Pourquoi sous cette table ?

ELMIRE

Ah ! mon Dieu, laissez faire ;
J'ai mon dessein en tête, et vous en jugerez.

---

1. ***Surprendre*** : tromper.
2. ***Vous mettez dessous*** : mettez-vous dessous.

Mettez-vous là, vous dis-je ; et quand vous y serez,
Gardez[1] qu'on ne vous voie et qu'on ne vous entende.

ORGON

Je confesse qu'ici ma complaisance est grande ;
Mais de votre entreprise il vous faut voir sortir.

ELMIRE

Vous n'aurez, que je crois[2], rien à me repartir[3].

À son mari qui est sous la table.

Au moins, je vais toucher une étrange matière[4] ;
Ne vous scandalisez en aucune manière.
Quoi que je puisse dire, il[5] doit m'être permis,
Et c'est pour vous convaincre, ainsi que j'ai promis.
Je vais par des douceurs, puisque j'y suis réduite,
Faire poser[6] le masque à cette âme hypocrite,
Flatter de son amour les désirs effrontés,
Et donner un champ libre à ses témérités.
Comme c'est pour vous seul, et pour mieux le confondre[7],
Que mon âme à ses vœux va feindre de répondre,
J'aurai lieu de cesser dès que vous vous rendrez,
Et les choses n'iront que jusqu'où vous voudrez.
C'est à vous d'arrêter son ardeur[8] insensée,
Quand vous croirez l'affaire assez avant poussée[9],
D'épargner votre femme, et de ne m'exposer

---

1. ***Gardez*** : faites attention.
2. ***Que je crois*** : à ce que je crois.
3. ***Repartir*** : répondre.
4. ***Une étrange matière*** : un sujet délicat.
5. ***Il*** : cela.
6. ***Poser*** : déposer.
7. ***Le confondre*** : le démasquer, le réduire à l'impuissance en le couvrant de honte.
8. ***Ardeur*** : sentiment amoureux.
9. ***L'affaire assez avant poussée*** : la situation suffisamment explicite.

Qu'à ce qu'il vous faudra pour vous désabuser.
Ce sont vos intérêts; vous en serez le maître,
Et… L'on vient; tenez-vous[1], et gardez de[2] paraître.

Scène 5

TARTUFFE, ELMIRE, ORGON

TARTUFFE

On m'a dit qu'en ce lieu vous me vouliez parler.

ELMIRE

Oui, l'on a des secrets à vous y révéler.
Mais tirez cette porte avant qu'on vous les dise,
Et regardez partout de crainte de surprise :
Une affaire pareille à celle de tantôt
N'est pas assurément ici ce qu'il nous faut.
Jamais il ne s'est vu de surprise de même[3];
Damis m'a fait pour vous une frayeur extrême,
Et vous avez bien vu que j'ai fait mes efforts
Pour rompre son dessein et calmer ses transports.
Mon trouble, il est bien vrai, m'a si fort possédée
Que de le démentir[4] je n'ai point eu l'idée;
Mais par là, grâce au Ciel, tout a bien mieux été,
Et les choses en sont dans plus de sûreté.
L'estime où l'on vous tient a dissipé l'orage,
Et mon mari de vous ne peut prendre d'ombrage.

1. ***Tenez-vous*** : ne bougez pas.
2. ***Gardez de*** : veillez à ne pas.
3. ***De surprise de même*** : de surprise pareille.
4. ***Le démentir*** : le contredire en niant la véracité de ce qu'il affirmait.

Pour mieux braver l'éclat des mauvais jugements[1],
Il veut que nous soyons ensemble à tous moments;
Et c'est par où je puis, sans peur d'être blâmée,
Me trouver ici seule avec vous enfermée,
Et ce qui m'autorise à vous ouvrir un cœur
Un peu trop prompt peut-être à souffrir[2] votre ardeur[3].

TARTUFFE

Ce langage à comprendre est assez difficile,
Madame, et vous parliez tantôt d'un autre style.

ELMIRE

Ah! si d'un tel refus vous êtes en courroux,
Que le cœur d'une femme est mal connu de vous!
Et que vous savez peu ce qu'il veut faire entendre
Lorsque si faiblement on le voit se défendre!
Toujours notre pudeur combat dans ces moments
Ce qu'on peut nous donner de tendres sentiments.
Quelque raison qu'on trouve à l'amour qui nous dompte[4],
On trouve à l'avouer toujours un peu de honte;
On s'en défend[5] d'abord; mais de l'air qu'on s'y prend[6],
On fait connaître assez que notre cœur se rend,
Qu'à nos vœux par honneur notre bouche s'oppose,
Et que de tels refus promettent toute chose.
C'est vous faire sans doute[7] un assez libre aveu,
Et sur notre pudeur me ménager bien peu;
Mais puisque la parole enfin en est lâchée,

---

1. *L'éclat des mauvais jugements* : la rumeur des opinions contraires.
2. *Souffrir* : tolérer.
3. *Ardeur* : sentiment amoureux.
4. *Quelque raison qu'on trouve à l'amour qui nous dompte* : même si l'on se résigne à céder au sentiment amoureux.
5. *On s'en défend* : on cherche à s'en préserver.
6. *De l'air qu'on s'y prend* : de la manière dont on s'y prend.
7. *Sans doute* : sans aucun doute, assurément.

À retenir Damis me serais-je attachée,
Aurais-je, je vous prie, avec tant de douceur
Écouté tout au long l'offre de votre cœur,
Aurais-je pris la chose ainsi qu'on m'a vu faire,
Si l'offre de ce cœur n'eût eu de quoi me plaire ?
Et lorsque j'ai voulu moi-même vous forcer
À refuser l'hymen[1] qu'on venait d'annoncer,
Qu'est-ce que cette instance[2] a dû vous faire entendre,
Que[3] l'intérêt qu'en vous on s'avise de prendre,
Et l'ennui[4] qu'on aurait que ce nœud[5] qu'on résout
Vînt partager du moins un cœur que l'on veut tout[6] ?

TARTUFFE

C'est sans doute, Madame, une douceur extrême
Que d'entendre ces mots d'une bouche qu'on aime ;
Leur miel dans tous mes sens fait couler à longs traits
Une suavité[7] qu'on ne goûta jamais.
Le bonheur de vous plaire est ma suprême étude[8],
Et mon cœur de vos vœux[9] fait sa béatitude[10] ;
Mais ce cœur vous demande ici la liberté
D'oser douter un peu de sa félicité.
Je puis croire ces mots un artifice[11] honnête

---

1. ***Hymen*** : mariage.
2. ***Instance*** : demande pressante, requête.
3. ***Que*** : si ce n'est.
4. ***Ennui*** : chagrin.
5. ***Nœud*** : mariage.
6. ***Tout*** : tout à soi.
7. ***Suavité*** : terme religieux désignant la douceur extrême que l'âme peut ressentir, quand Dieu y consent. Ici, employé dans un contexte profane, le terme a des accents sacrilèges.
8. ***Étude*** : effort.
9. ***Vos vœux*** : vos serments d'amour.
10. ***Béatitude*** : félicité éternelle.
11. ***Artifice*** : procédé habile.

Pour m'obliger à rompre un hymen qui s'apprête;
Et s'il faut librement m'expliquer avec vous,
Je ne me fierai point à des propos si doux,
Qu'[1]un peu de vos faveurs, après quoi je soupire,
Ne vienne m'assurer tout ce qu'ils m'ont pu dire,
Et planter dans mon âme une constante foi
Des charmantes bontés que vous avez pour moi.

ELMIRE. *Elle tousse pour avertir son mari.*

Quoi! vous voulez aller avec cette vitesse,
Et d'un cœur tout d'abord épuiser la tendresse?
On se tue à vous faire un aveu des plus doux;
Cependant ce n'est pas encore assez pour vous,
Et l'on ne peut aller jusqu'à vous satisfaire,
Qu'aux dernières faveurs on ne pousse l'affaire?

TARTUFFE

Moins on mérite un bien, moins on l'ose espérer;
Nos vœux sur des discours ont peine à s'assurer;
On soupçonne[2] aisément un sort tout plein de gloire,
Et l'on veut en jouir avant que de le croire.
Pour moi, qui crois si peu mériter vos bontés,
Je doute du bonheur de mes témérités;
Et je ne croirai rien que vous n'ayez[3], Madame,
Par des réalités su convaincre ma flamme.

ELMIRE

Mon Dieu, que votre amour en vrai tyran agit!
Et qu'en un trouble étrange il me jette l'esprit!
Que sur les cœurs il prend un furieux empire[4]!

---

1. ***Qu'*** : qu'à condition que.
2. ***On soupçonne*** : on se méfie de.
3. ***Que vous n'ayez*** : sans que vous ayez.
4. ***Empire*** : pouvoir, ascendant.

Et qu'avec violence il veut ce qu'il désire !
Quoi ! de votre poursuite on ne peut se parer[1],
Et vous ne donnez pas le temps de respirer ?
Sied-il bien de tenir une rigueur si grande ?
De vouloir sans quartier[2] les choses qu'on demande,
Et d'abuser ainsi par vos efforts pressants
Du faible que pour vous vous voyez qu'ont les gens ?

TARTUFFE

Mais si d'un œil bénin[3] vous voyez mes hommages,
Pourquoi m'en refuser d'assurés témoignages ?

ELMIRE

Mais comment consentir à ce que vous voulez,
Sans offenser le Ciel, dont toujours vous parlez ?

TARTUFFE

Si ce n'est que le Ciel qu'à mes vœux on oppose,
Lever un tel obstacle est à moi peu de chose,
Et cela ne doit pas retenir votre cœur.

ELMIRE

Mais des arrêts du Ciel[4] on nous fait tant de peur !

TARTUFFE

Je puis vous dissiper ces craintes ridicules,
Madame, et je sais l'art de lever les scrupules[5].

---

1. ***Se parer*** : se protéger.
2. ***Sans quartier*** : sans mesure.
3. ***Bénin*** : bienveillant, favorable.
4. ***Arrêts du Ciel*** : jugements divins.
5. ***L'art de lever les scrupules*** : allusion à la morale relâchée des casuistes, aussi appelée « laxisme », qui a été dénoncée par Pascal dans la huitième lettre de ses *Provinciales*. L'expression « lever les scrupules » est expressément employée par le moraliste.

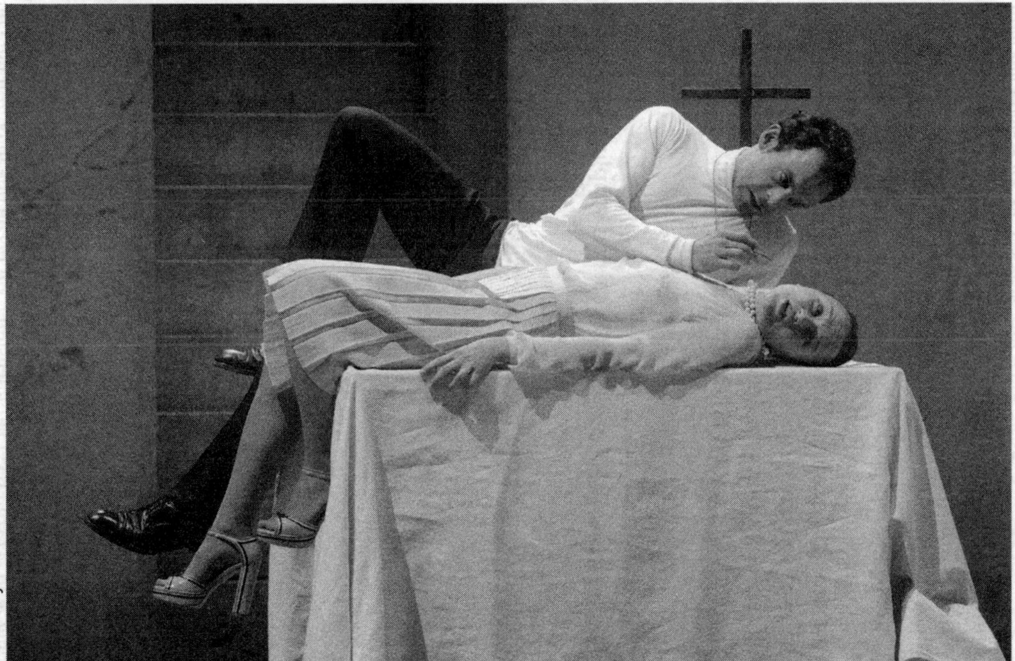

■ Tartuffe doute de la sincérité de l'aveu amoureux d'Elmire et entend s'en assurer par des « réalités » (mise en scène de Stéphane Braunschweig, théâtre de l'Odéon, 2008).

Le Ciel défend[1], de vrai, certains contentements ;

C'est un scélérat qui parle.

Mais on trouve avec lui des accommodements.
Selon divers besoins, il est une science
D'étendre les liens[2] de notre conscience,
Et de rectifier le mal de l'action
Avec la pureté de notre intention[3].
De ces secrets, Madame, on saura vous instruire ;
Vous n'avez seulement qu'à vous laisser conduire.
Contentez mon désir, et n'ayez point d'effroi ;
Je vous réponds de tout, et prends le mal sur moi.
Vous toussez fort, Madame.

ELMIRE

Oui, je suis au supplice.

TARTUFFE

Vous plaît-il un morceau de ce jus de réglisse ?

ELMIRE

C'est un rhume obstiné, sans doute ; et je vois bien
Que tous les jus du monde ici ne feront rien.

TARTUFFE

Cela certes est fâcheux.

ELMIRE

Oui, plus qu'on ne peut dire.

---

1. ***Défend*** : interdit.
2. ***Étendre les liens*** : relâcher les obligations, assouplir la morale.
3. Allusion à la méthode jésuite de la « direction d'intention » : elle consistait à donner à un acte qui revêt la dimension d'un péché une intention pure qui rachète en partie l'action commise.

■ Elmire et Tartuffe dans la mise en scène d'Antoine Vitez au festival d'Avignon en 1978.

TARTUFFE

Enfin votre scrupule est facile à détruire ;
Vous êtes assurée ici d'un plein secret,
Et le mal n'est jamais que dans l'éclat qu'on fait[1].
Le scandale du monde[2] est ce qui fait l'offense,
Et ce n'est pas pécher que pécher en silence.

ELMIRE, *après avoir encore toussé.*

Enfin je vois qu'il faut se résoudre à céder,
Qu'il faut que je consente à vous tout accorder,
Et qu'à moins de cela je ne dois point prétendre
Qu'on[3] puisse être content, et qu'on veuille se rendre.
Sans doute, il est fâcheux d'en venir jusque-là,
Et c'est bien malgré moi que je franchis cela ;
Mais puisque l'on[4] s'obstine à m'y vouloir réduire,
Puisqu'on ne veut point croire à tout ce qu'on peut dire,
Et qu'on veut des témoins qui soient plus convaincants,
Il faut bien s'y résoudre, et contenter les gens.
Si ce consentement porte en soi quelque offense,
Tant pis pour qui me force à cette violence ;
La faute assurément n'en doit pas être à moi.

TARTUFFE

Oui, Madame, on s'en charge ; et la chose de soi...

ELMIRE

Ouvrez un peu la porte, et voyez, je vous prie,
Si mon mari n'est point dans cette galerie.

---

1. ***Le mal n'est jamais que dans l'éclat qu'on fait*** : un acte n'est un péché que s'il est connu.

2. ***Scandale du monde*** : scandale public.

3. ***On*** : ambigu, ce pronom personnel indéfini permet de désigner à la fois Tartuffe et Orgon, qui assiste sans réaction à la scène.

4. ***On*** : cette fois-ci, le pronom vise plus précisément Orgon, Elmire reprochant de façon voilée à son mari son attentisme et son inertie.

TARTUFFE

Qu'est-il besoin pour lui du soin que vous prenez[1] ?
C'est un homme, entre nous, à mener par le nez.
De tous nos entretiens il est pour faire gloire[2],
Et je l'ai mis au point de voir tout sans rien croire.

ELMIRE

Il n'importe ; sortez, je vous prie, un moment,
Et partout là dehors voyez exactement.

Scène 6

ORGON, ELMIRE

ORGON, *sortant de dessous la table.*

Voilà, je vous l'avoue, un abominable homme !
Je n'en puis revenir, et tout ceci m'assomme[3].

ELMIRE

Quoi ! vous sortez si tôt[4] ? vous vous moquez des gens.
Rentrez sous le tapis, il n'est pas encor temps ;
Attendez jusqu'au bout pour voir les choses sûres,
Et ne vous fiez point aux simples conjectures.

ORGON

Non, rien de plus méchant n'est sorti de l'enfer.

---

1. ***Qu'est-il besoin pour lui du soin que vous prenez ?*** : pourquoi prendre une telle précaution avec un homme comme lui ?
2. ***Il est pour faire gloire*** : il est capable de s'honorer, de tirer vanité.
3. ***M'assomme*** : m'accable, m'anéantit.
4. ***Tôt*** : vite.

ELMIRE

Mon Dieu ! l'on ne doit point croire trop de léger[1] ;
Laissez-vous bien convaincre avant que de vous rendre,
Et ne vous hâtez point, de peur de vous méprendre.

Elle fait mettre son mari derrière elle.

Scène 7

TARTUFFE, ELMIRE, ORGON

TARTUFFE

Tout conspire, Madame, à mon contentement :
J'ai visité de l'œil tout cet appartement ;
Personne ne s'y trouve ; et mon âme ravie…

ORGON, *en l'arrêtant.*

Tout doux ! vous suivez trop votre amoureuse envie,
Et vous ne devez pas vous tant passionner.
Ah ! ah ! l'homme de bien, vous m'en voulez donner[2] !
Comme aux tentations s'abandonne votre âme !
Vous épousiez ma fille, et convoitiez ma femme !
J'ai douté fort longtemps que ce fût tout de bon,
Et je croyais toujours qu'on changerait de ton ;
Mais c'est assez avant pousser le témoignage ;
Je m'y tiens, et n'en veux, pour moi, pas davantage.

ELMIRE, *à Tartuffe.*

C'est contre mon humeur que j'ai fait tout ceci ;
Mais on m'a mise au point de vous traiter ainsi.

---

1. ***De léger*** : à la légère.
2. ***Vous m'en voulez donner*** : vous voulez me duper.

TARTUFFE

Quoi ! vous croyez…

ORGON

Allons, point de bruit, je vous prie ;
Dénichons[1] de céans[2], et sans cérémonie.

TARTUFFE

Mon dessein…

ORGON

Ces discours ne sont plus de saison ;
Il faut, tout sur-le-champ, sortir de la maison.

TARTUFFE

C'est à vous d'en sortir, vous qui parlez en maître.
La maison m'appartient, je le ferai connaître,
Et vous montrerai bien qu'en vain on a recours,
Pour me chercher querelle, à ces lâches détours[3],
Qu'on n'est pas où l'on pense[4] en me faisant injure,
Que j'ai de quoi confondre et punir l'imposture,
Venger le Ciel qu'on blesse, et faire repentir
Ceux qui parlent ici de me faire sortir.

---

1. ***Dénichons*** : sortez.
2. ***Céans*** : ici.
3. ***Détours*** : procédés, manigances.
4. ***On n'est pas où l'on pense*** : contrairement à ce que vous pensez, vous n'êtes pas en position de force.

Scène 8

ELMIRE, ORGON

ELMIRE

Quel est donc ce langage, et qu'est-ce qu'il veut dire ?

ORGON

Ma foi, je suis confus, et n'ai pas lieu de rire.

ELMIRE

Comment ?

ORGON

Je vois ma faute aux choses qu'il me dit,
Et la donation m'embarrasse l'esprit.

ELMIRE

La donation…

ORGON

Oui, c'est une affaire faite ;
Mais j'ai quelque autre chose encor qui m'inquiète.

ELMIRE

Et quoi ?

ORGON

Vous saurez tout ; mais voyons au plus tôt[1]
Si certaine cassette est encore là-haut.

---

1. ***Au plus tô*t** : au plus vite.

Acte V

Scène première

ORGON, CLÉANTE

CLÉANTE

Où voulez-vous courir ?

ORGON

Las ! que sais-je ?

CLÉANTE

Il me semble
Que l'on doit commencer par consulter[1] ensemble
Les choses qu'on peut faire en cet événement.

ORGON

Cette cassette-là me trouble entièrement.
Plus que le reste encor elle me désespère.

CLÉANTE

Cette cassette est donc un important mystère ?

ORGON

C'est un dépôt qu'Argas, cet ami que je plains[2],
Lui-même, en grand secret, m'a mis entre les mains.

1. ***Consulter*** : aviser, examiner.
2. ***Je plains*** : je regrette.

Pour cela, dans sa fuite, il me voulut élire[1];
Et ce sont des papiers, à ce qu'il m'a pu dire,
Où sa vie et ses biens se trouvent attachés.

CLÉANTE

Pourquoi donc les avoir en d'autres mains lâchés ?

ORGON

Ce fut par un motif de cas de conscience[2].
J'allai droit à mon traître en faire confidence,
Et son raisonnement me vint persuader
De lui donner plutôt la cassette à garder,
Afin que, pour nier, en cas de quelque enquête,
J'eusse d'un faux-fuyant la faveur toute prête,
Par où ma conscience eût pleine sûreté
À faire des serments contre la vérité[3].

CLÉANTE

Vous voilà mal, au moins si j'en crois l'apparence;
Et la donation, et cette confidence[4],
Sont, à vous en parler selon mon sentiment,
Des démarches par vous faites légèrement.
On peut vous mener loin avec de pareils gages[5];

---

1. ***Élire*** : choisir.

2. Le cas de conscience consiste pour Orgon à savoir si, par fidélité à Argas, il a le droit de conserver les papiers compromettants de cet ami qui, par ailleurs, est aussi un ennemi du roi.

3. Allusion à la méthode casuiste de la «restriction mentale» qui consiste à se ménager la possibilité de nier un fait, sans pour autant se rendre coupable de mensonge ou de parjure, en se concentrant essentiellement sur la négation d'une des circonstances de l'action commise. Parce qu'il a confié la cassette à Tartuffe, Orgon pourra, sans attenter à la vérité, dire qu'il n'est pas en sa possession.

4. ***Cette confidence*** : le fait d'avoir confié la cassette.

5. ***Gages*** : preuves.

Et cet homme sur vous ayant ces avantages,
Le pousser[1] est encor grande imprudence à vous,
Et vous deviez chercher quelque biais plus doux.

ORGON

Quoi ! sous un beau semblant de ferveur si touchante
Cacher un cœur si double, une âme si méchante !
Et moi qui l'ai reçu gueusant[2] et n'ayant rien…
C'en est fait, je renonce à tous les gens de bien[3].
J'en aurai désormais une horreur effroyable,
Et m'en vais devenir pour eux pire qu'un diable.

CLÉANTE

Hé bien ! ne voilà pas de vos emportements !
Vous ne gardez en rien les doux tempéraments[4].
Dans la droite raison jamais n'entre la vôtre,
Et toujours d'un excès vous vous jetez dans l'autre.
Vous voyez votre erreur, et vous avez connu
Que par un zèle[5] feint vous étiez prévenu[6] ;
Mais pour vous corriger, quelle raison demande
Que vous alliez passer dans une erreur plus grande,
Et qu'avecque le cœur d'un perfide vaurien
Vous confondiez les cœurs de tous les gens de bien ?
Quoi ! parce qu'un fripon vous dupe avec audace,
Sous le pompeux éclat[7] d'une austère grimace[8],
Vous voulez que partout on soit fait comme lui,

---

1. ***Le pousser*** : l'outrager, en venir avec lui aux dernières extrémités de la querelle.
2. ***Gueusant*** : mendiant, demandant la charité pour vivre.
3. ***Gens de bien*** : personnes honnêtes, animées de bonnes intentions.
4. ***Tempéraments*** : qualités de modération.
5. ***Zèle*** : ardeur religieuse.
6. ***Prévenu*** : abusé.
7. ***Pompeux éclat*** : manifestation exagérée.
8. ***Austère grimace*** : feinte austérité.

Et qu'aucun vrai dévot ne se trouve aujourd'hui ?
Laissez aux libertins[1] ces sottes conséquences[2],
Démêlez la vertu d'avec ses apparences,
Ne hasardez jamais votre estime trop tôt[3],
Et soyez pour cela dans le milieu qu'il faut.
Gardez-vous, s'il se peut, d'honorer l'imposture,
Mais au vrai zèle aussi n'allez pas faire injure ;
Et s'il vous faut tomber dans une extrémité,
Péchez plutôt encor de cet autre côté.

Scène 2

DAMIS, ORGON, CLÉANTE

DAMIS

Quoi ! mon père, est-il vrai qu'un coquin vous menace ?
Qu'il n'est point de bienfait qu'en son âme il n'efface,
Et que son lâche orgueil, trop digne de courroux,
Se fait de vos bontés des armes contre vous ?

ORGON

Oui, mon fils, et j'en sens des douleurs nonpareilles.

DAMIS

Laissez-moi, je lui veux couper les deux oreilles.
Contre son insolence on ne doit point gauchir[4].
C'est à moi, tout d'un coup, de vous en affranchir ;
Et pour sortir d'affaire, il faut que je l'assomme.

1. ***Libertins*** : esprits forts, qui ne respectent pas les choses sacrées.
2. ***Conséquences*** : conclusions.
3. ***Tôt*** : vite.
4. ***Gauchir*** : dévier, tergiverser.

CLÉANTE

Voilà tout justement parler en vrai jeune homme.
Modérez, s'il vous plaît, ces transports éclatants;
Nous vivons sous un règne et sommes dans un temps
Où par la violence on fait mal ses affaires.

Scène 3

MADAME PERNELLE, MARIANNE, ELMIRE, DORINE, DAMIS, ORGON, CLÉANTE

MADAME PERNELLE

Qu'est-ce ? J'apprends ici de terribles mystères.

ORGON

Ce sont des nouveautés dont mes yeux sont témoins,
Et vous voyez le prix dont sont payés mes soins[1].
Je recueille avec zèle[2] un homme en sa misère,
Je le loge, et le tiens comme mon propre frère;
De bienfaits chaque jour il est par moi chargé;
Je lui donne ma fille et tout le bien que j'ai;
Et dans le même temps, le perfide, l'infâme,
Tente le noir dessein de suborner[3] ma femme;
Et non content encor de ces lâches essais,
Il m'ose menacer de mes propres bienfaits,
Et veut, à ma ruine, user des avantages
Dont le viennent d'armer mes bontés trop peu sages,

---

1. *Soins* : attentions.
2. *Zèle* : empressement, extrême attention.
3. *Suborner* : séduire.

Me chasser de mes biens, où je l'ai transféré[1],
Et me réduire au point d'où je l'ai retiré.

DORINE

Le pauvre homme !

MADAME PERNELLE

Mon fils, je ne puis du tout croire
Qu'il ait voulu commettre une action si noire.

ORGON

Comment ?

MADAME PERNELLE

Les gens de bien[2] sont enviés toujours.

ORGON

Que voulez-vous donc dire avec votre discours,
Ma mère ?

MADAME PERNELLE

Que chez vous on vit d'étrange sorte,
Et qu'on ne sait que trop la haine qu'on lui porte.

ORGON

Qu'a cette haine à faire avec ce qu'on vous dit ?

MADAME PERNELLE

Je vous l'ai dit cent fois quand vous étiez petit :
La vertu dans le monde est toujours poursuivie ;
Les envieux mourront, mais non jamais l'envie.

ORGON

Mais que fait ce discours aux choses d'aujourd'hui ?

---

1. ***Où je l'ai transféré*** : dont je lui ai transmis la propriété par un acte notarial.
2. ***Gens de bien*** : personnes honnêtes, animées de bonnes intentions.

MADAME PERNELLE

On vous aura forgé cent sots contes de lui.

ORGON

Je vous ai dit déjà que j'ai vu tout moi-même.

MADAME PERNELLE

Des esprits médisants la malice est extrême.

ORGON

Vous me feriez damner, ma mère. Je vous dis
Que j'ai vu de mes yeux un crime si hardi.

MADAME PERNELLE

Les langues ont toujours du venin à répandre,
Et rien n'est ici-bas qui s'en puisse défendre.

ORGON

C'est tenir un propos de sens bien dépourvu !
Je l'ai vu, dis-je, vu, de mes propres yeux vu,
Ce qu'on appelle vu : faut-il vous le rebattre[1]
Aux oreilles cent fois, et crier comme quatre ?

MADAME PERNELLE

Mon Dieu, le plus souvent l'apparence déçoit[2].
Il ne faut pas toujours juger sur ce qu'on voit.

ORGON

J'enrage.

MADAME PERNELLE

Aux faux soupçons la nature est sujette,
Et c'est souvent à mal que le bien s'interprète[3].

---

1. ***Rebattre*** : répéter.
2. ***Déçoit*** : trompe.
3. ***C'est souvent à mal que le bien s'interprète*** : on prend souvent le bien pour le mal.

ORGON

Je dois interpréter à charitable soin[1]
Le désir d'embrasser ma femme ?

MADAME PERNELLE

Il est besoin,
Pour accuser les gens, d'avoir de justes causes ;
Et vous deviez attendre à[2] vous voir sûr des choses.

ORGON

Hé ! diantre ! le moyen de m'en assurer mieux ?
Je devais donc, ma mère, attendre qu'à mes yeux
Il eût… Vous me feriez dire quelque sottise[3].

MADAME PERNELLE

Enfin d'un trop pur zèle on voit son âme éprise ;
Et je ne puis du tout me mettre dans l'esprit
Qu'il ait voulu tenter les choses que l'on dit.

ORGON

Allez. Je ne sais pas, si vous n'étiez ma mère,
Ce que je vous dirais, tant je suis en colère.

DORINE

Juste retour[4], Monsieur, des choses d'ici-bas.
Vous ne vouliez point croire, et l'on ne vous croit pas.

CLÉANTE

Nous perdons des moments en bagatelles[5] pures,
Qu'il faudrait employer à prendre des mesures.
Aux menaces du fourbe on doit ne dormir point.

---

1. ***Interpréter à charitable soin*** : considérer comme un service inspiré par la charité.
2. ***Attendre à*** : attendre jusqu'à.
3. ***Sottise*** : propos licencieux, gauloiserie, grossièreté.
4. ***Retour*** : changement.
5. ***Bagatelles*** : peccadilles, choses sans importance.

DAMIS

Quoi ! son effronterie irait jusqu'à ce point ?

ELMIRE

Pour moi, je ne crois pas cette instance[1] possible,
Et son ingratitude est ici trop visible.

CLÉANTE

Ne vous y fiez pas : il aura des ressorts[2]
Pour donner contre vous raison à ses efforts ;
Et sur moins que cela, le poids d'une cabale[3]
Embarrasse les gens dans un fâcheux dédale.
Je vous le dis encore : armé de ce qu'il a,
Vous ne deviez jamais[4] le pousser jusque-là.

ORGON

Il est vrai ; mais qu'y faire ? À[5] l'orgueil de ce traître,
De mes ressentiments je n'ai pas été maître.

CLÉANTE

Je voudrais, de bon cœur, qu'on pût entre vous deux
De quelque ombre de paix raccommoder les nœuds[6].

ELMIRE

Si j'avais su qu'en main il a de telles armes,
Je n'aurais pas donné matière à[7] tant d'alarmes,
Et mes…

---

1. ***Instance*** : action, poursuite.
2. ***Ressorts*** : stratagèmes.
3. ***Cabale*** : complot.
4. ***Ne deviez jamais*** : n'auriez jamais dû.
5. ***À*** : face à.
6. ***De quelque ombre de paix raccommoder les nœuds*** : vous réconcilier un tant soit peu.
7. ***Donné matière à*** : fourni l'occasion de.

ORGON

Que veut cet homme ? Allez tôt[1] le savoir.
Je suis bien en état que l'on me vienne voir !

Scène 4

MONSIEUR LOYAL, MADAME PERNELLE, ORGON, DAMIS, MARIANE, DORINE, ELMIRE, CLÉANTE

MONSIEUR LOYAL

Bonjour, ma chère sœur. Faites, je vous supplie,
Que je parle à Monsieur.

DORINE

Il est en compagnie,
Et je doute qu'il puisse à présent voir quelqu'un.

MONSIEUR LOYAL

Je ne suis pas pour être en ces lieux importun.
Mon abord n'aura rien, je crois, qui lui déplaise ;
Et je viens pour un fait dont il sera bien aise.

DORINE

Votre nom ?

MONSIEUR LOYAL

Dites-lui seulement que je viens
De la part de Monsieur Tartuffe, pour son bien.

DORINE

C'est un homme qui vient, avec douce manière,
De la part de Monsieur Tartuffe, pour affaire
Dont vous serez, dit-il, bien aise.

---

1. ***Tôt*** : vite.

Cléante

Il vous faut voir
Ce que c'est que cet homme, et ce qu'il peut vouloir.

Orgon

Pour nous raccommoder il vient ici peut-être.
Quels sentiments aurai-je à lui faire paraître ?

Cléante

Votre ressentiment ne doit point éclater ;
Et s'il parle d'accord, il le faut écouter.

Monsieur Loyal

Salut, Monsieur. Le Ciel perde qui vous veut nuire,
Et vous soit favorable autant que je désire !

Orgon

Ce doux début s'accorde avec mon jugement,
Et présage déjà quelque accommodement.

Monsieur Loyal

Toute votre maison m'a toujours été chère,
Et j'étais serviteur de Monsieur votre père.

Orgon

Monsieur, j'ai grande honte et demande pardon
D'être sans vous connaître ou savoir votre nom.

Monsieur Loyal

Je m'appelle Loyal, natif de Normandie,
Et suis huissier à verge[1], en dépit de l'envie.
J'ai depuis quarante ans, grâce au Ciel, le bonheur

1. ***Huissier à verge*** : officier de justice. La verge, attribut traditionnel de cette profession, est un bâton qui permettait à l'huissier d'imposer le silence pendant les audiences ou de toucher les personnes qu'il saisissait.

D'en exercer la charge avec beaucoup d'honneur ;
Et je vous viens, Monsieur, avec votre licence[1],
Signifier l'exploit[2] de certaine ordonnance[3]...

ORGON

Quoi ! vous êtes ici...

MONSIEUR LOYAL

Monsieur, sans passion,
Ce n'est rien seulement qu'une sommation[4],
Un ordre de vuider d'ici[5], vous et les vôtres,
Mettre vos meubles hors, et faire place à d'autres,
Sans délai ni remise, ainsi que besoin est...

ORGON

Moi, sortir de céans[6] ?

MONSIEUR LOYAL

Oui, Monsieur, s'il vous plaît.
La maison à présent, comme savez de reste,
Au bon Monsieur Tartuffe appartient sans conteste.
De vos biens désormais il est maître et seigneur,
En vertu d'un contrat duquel je suis porteur.
Il est en bonne forme, et l'on n'y peut rien dire.

DAMIS

Certes cette impudence[7] est grande, et je l'admire[8].

---

1. ***Licence*** : permission.
2. ***Exploit*** : acte judiciaire de saisie.
3. ***Ordonnance*** : texte législatif précisant l'ordre d'expulsion.
4. ***Sommation*** : injonction.
5. ***Vuider d'ici*** : vider les lieux.
6. ***Céans*** : ici.
7. ***Impudence*** : offense.
8. ***Je l'admire*** : j'en suis stupéfié.

MONSIEUR LOYAL

Monsieur, je ne dois point avoir affaire à vous ;
C'est à Monsieur ; il est et raisonnable et doux,
Et d'un homme de bien il sait trop bien l'office[1],
Pour se vouloir du tout[2] opposer à justice.

ORGON

Mais…

MONSIEUR LOYAL

Oui, Monsieur, je sais que pour un million
Vous ne voudriez pas faire rébellion,
Et que vous souffrirez[3], en honnête personne,
Que j'exécute ici les ordres qu'on me donne.

DAMIS

Vous pourriez bien ici sur votre noir jupon[4],
Monsieur l'huissier à verge, attirer le bâton.

MONSIEUR LOYAL

Faites que votre fils se taise ou se retire,
Monsieur ; j'aurais regret d'être obligé d'écrire,
Et de vous voir couché dans mon procès-verbal.

DORINE

Ce Monsieur Loyal porte un air bien déloyal !

MONSIEUR LOYAL

Pour tous les gens de bien[5] j'ai de grandes tendresses,
Et ne me suis voulu, Monsieur, charger des pièces[6]

---

1. ***Office*** : devoir.
2. ***Du tout*** : en rien.
3. ***Souffrirez*** : accepterez.
4. ***Jupon*** : robe ou pourpoint de l'huissier.
5. ***Gens de bien*** : personnes honnêtes, animées de bonnes intentions.
6. ***Pièces*** : documents écrits ordonnant la saisie.

Que pour vous obliger et vous faire plaisir,
Que pour ôter par là le moyen d'en choisir
Qui, n'ayant pas pour vous le zèle[1] qui me pousse,
Auraient pu procéder d'une façon moins douce.

ORGON

Et que peut-on de pis que d'ordonner aux gens
De sortir de chez eux ?

MONSIEUR LOYAL

On vous donne du temps,
Et jusques à demain je ferai surséance[2]
À l'exécution, Monsieur, de l'ordonnance.
Je viendrai seulement passer ici la nuit,
Avec dix de mes gens, sans scandale et sans bruit.
Pour la forme, il faudra, s'il vous plaît, qu'on m'apporte,
Avant que se coucher, les clefs de votre porte.
J'aurai soin de ne pas troubler votre repos,
Et de ne rien souffrir qui ne soit à propos.
Mais demain, du matin, il vous faut être habile
À vuider de céans jusqu'au moindre ustensile.
Mes gens vous aideront, et je les ai pris forts,
Pour vous faire service à tout mettre dehors.
On n'en peut pas user mieux que je fais, je pense ;
Et comme je vous traite avec grande indulgence,
Je vous conjure aussi, Monsieur, d'en user bien,
Et qu'au dû de ma charge on ne me trouble en rien.

ORGON

Du meilleur de mon cœur je donnerais sur l'heure
Les cent plus beaux louis de ce qui me demeure,
Et pouvoir, à plaisir, sur ce mufle assener
Le plus grand coup de poing qui se puisse donner.

---

1. ***Zèle*** : empressement.
2. ***Surséance*** : sursis, délai légal.

CLÉANTE

Laissez, ne gâtons rien.

DAMIS

À cette audace étrange,
J'ai peine à me tenir, et la main me démange.

DORINE

Avec un si bon dos, ma foi, Monsieur Loyal,
Quelques coups de bâton ne vous siéraient pas mal.

MONSIEUR LOYAL

On pourrait bien punir ces paroles infâmes,
Mamie[1], et l'on décrète[2] aussi contre les femmes.

CLÉANTE

Finissons tout cela, Monsieur, c'en est assez ;
Donnez tôt[3] ce papier, de grâce, et nous laissez.

MONSIEUR LOYAL

Jusqu'au revoir. Le Ciel vous tienne tous en joie !

ORGON

Puisse-t-il te confondre[4], et celui qui t'envoie !

---

1. ***Mamie*** : mon amie, ma chère ; expression familière réservée le plus souvent aux servantes.

2. ***On décrète*** : on lance des décrets de justice, on autorise l'emprisonnement.

3. ***Tôt*** : vite.

4. ***Te confondre*** : te démasquer, te réduire à l'impuissance en te couvrant de honte.

Scène 5

ORGON, CLÉANTE, MARIANE, ELMIRE,
MADAME PERNELLE, DORINE, DAMIS

ORGON

Hé bien, vous le voyez, ma mère, si j'ai droit[1],
Et vous pouvez juger du reste par l'exploit[2].
Ses trahisons enfin vous sont-elles connues ?

MADAME PERNELLE

Je suis tout ébaubie[3], et je tombe des nues.

DORINE

Vous vous plaignez à tort, à tort vous le blâmez,
Et ses pieux desseins par là sont confirmés.
Dans l'amour du prochain sa vertu se consomme[4] ;
Il sait que très souvent les biens corrompent l'homme,
Et, par charité pure, il veut vous enlever
Tout ce qui vous peut faire obstacle à vous sauver.

ORGON

Taisez-vous ; c'est le mot qu'il vous faut toujours dire.

CLÉANTE

Allons voir quel conseil[5] on doit vous faire élire[6].

---

1. ***Si j'ai droit*** : si j'ai raison.
2. ***Exploit*** : acte judiciaire de saisie.
3. ***Ébaubie*** : abasourdie, ébahie, littéralement rendue bègue par l'étonnement.
4. ***Se consomme*** : atteint un degré de perfection.
5. ***Conseil*** : décision.
6. ***Élire*** : choisir.

ELMIRE

Allez faire éclater l'audace de l'ingrat.
Ce procédé[1] détruit la vertu[2] du contrat ;
Et sa déloyauté va paraître trop noire,
Pour souffrir[3] qu'il en ait le succès qu'on veut croire.

Scène 6

VALÈRE, ORGON, CLÉANTE, ELMIRE, MARIANE, ETC.

VALÈRE

Avec regret, Monsieur, je viens vous affliger ;
Mais je m'y vois contraint par le pressant danger.
Un ami, qui m'est joint d'une amitié fort tendre,
Et qui sait l'intérêt qu'en vous j'ai lieu de prendre,
A violé pour moi, par un pas délicat,
Le secret que l'on doit aux affaires d'État,
Et me vient d'envoyer un avis dont la suite
Vous réduit au parti d'une soudaine fuite.
Le fourbe qui longtemps a pu vous imposer[4]
Depuis une heure au Prince a su vous accuser,
Et remettre en ses mains, dans les traits qu'il vous jette[5],
D'un criminel d'État l'importante cassette
Dont, au mépris, dit-il, du devoir d'un sujet,
Vous avez conservé le coupable secret.

---

1. ***Procédé*** : conduite.
2. ***Vertu*** : ici, valeur, validité.
3. ***Souffrir*** : supporter, tolérer.
4. ***Imposer*** : tromper en impressionnant.
5. ***Dans les traits qu'il vous jette*** : parmi les flèches accusatrices qu'il lance contre vous.

J'ignore le détail du crime qu'on vous donne,
Mais un ordre est donné contre votre personne;
Et lui-même est chargé, pour mieux l'exécuter,
D'accompagner celui qui vous doit arrêter.

CLÉANTE

Voilà ses droits armés, et c'est par où le traître
De vos biens qu'il prétend[1] cherche à se rendre maître.

ORGON

L'homme est, je vous l'avoue, un méchant animal!

VALÈRE

Le moindre amusement[2] vous peut être fatal.
J'ai, pour vous emmener, mon carrosse à la porte,
Avec mille louis qu'ici je vous apporte.
Ne perdons point de temps; le trait est foudroyant,
Et ce sont de ces coups que l'on pare en fuyant.
À vous mettre en lieu sûr je m'offre pour conduite[3],
Et veux accompagner jusqu'au bout votre fuite.

ORGON

Las[4]! que ne dois-je point à vos soins obligeants[5]?
Pour vous en rendre grâce il faut un autre temps;
Et je demande au Ciel de m'être assez propice,
Pour reconnaître un jour ce généreux service.
Adieu, prenez le soin, vous autres…

---

1. ***Qu'il prétend*** : qu'il revendique.
2. ***Amusement*** : retard, perte de temps.
3. ***À vous mettre en lieu sûr, je m'offre pour conduite*** : je me propose de vous conduire en lieu sûr.
4. ***Las*** : hélas.
5. ***Soins obligeants*** : attentions serviables.

CLÉANTE

Allez tôt[1] ;
Nous songerons, mon frère, à faire ce qu'il faut.

Scène dernière

L'EXEMPT[2], TARTUFFE, VALÈRE, ORGON, ELMIRE, MARIANE, ETC.

TARTUFFE

Tout beau, Monsieur, tout beau, ne courez point si vite,
Vous n'irez pas fort loin pour trouver votre gîte,
Et de la part du Prince on vous fait prisonnier.

ORGON

Traître, tu me gardais ce trait pour le dernier.
C'est le coup, scélérat, par où tu m'expédies[3],
Et voilà couronner toutes tes perfidies.

TARTUFFE

Vos injures n'ont rien à me pouvoir aigrir[4],
Et je suis pour le Ciel appris[5] à tout souffrir[6].

CLÉANTE

La modération est grande, je l'avoue.

---

1. ***Allez tôt*** : dépêchez-vous.
2. ***Exempt*** : officier de police du roi chargé des arrestations.
3. ***Tu m'expédies*** : tu m'achèves, tu me fais périr.
4. ***Rien à me pouvoir aigrir*** : rien qui puisse m'irriter.
5. ***Je suis [...] appris*** : j'ai été accoutumé.
6. ***Souffrir*** : supporter, tolérer.

DAMIS

Comme du Ciel l'infâme impudemment se joue[1] !

TARTUFFE

Tous vos emportements ne sauraient m'émouvoir,
Et je ne songe à rien qu'à faire mon devoir.

MARIANE

Vous avez de ceci grande gloire à prétendre,
Et cet emploi pour vous est fort honnête à prendre.

TARTUFFE

Un emploi ne saurait être que glorieux,
Quand il part du pouvoir qui m'envoie en ces lieux[2].

ORGON

Mais t'es-tu souvenu que ma main charitable,
Ingrat, t'a retiré d'un état misérable ?

TARTUFFE

Oui, je sais quels secours j'en ai pu recevoir ;
Mais l'intérêt du prince est mon premier devoir :
De ce devoir sacré la juste violence
Étouffe dans mon cœur toute reconnaissance,
Et je sacrifierais à de si puissants nœuds[3]
Ami, femme, parents, et moi-même avec eux.

ELMIRE

L'imposteur !

DORINE

Comme il sait, de traîtresse manière,
Se faire un beau manteau de tout ce qu'on révère !

---

1. ***Se joue*** : se moque.
2. ***Du pouvoir qui m'envoie en ces lieux*** : il s'agit du pouvoir du roi.
3. ***Nœuds*** : attachements.

CLÉANTE

Mais s'il est si parfait que vous le déclarez,
Ce zèle[1] qui vous pousse et dont vous vous parez,
D'où vient que pour paraître il s'avise d'attendre
Qu'à poursuivre sa femme il ait su vous surprendre ?
Et que vous ne songez à l'aller dénoncer
Que lorsque son honneur l'oblige à vous chasser ?
Je ne vous parle point, pour devoir en distraire[2],
Du don de tout son bien qu'il venait de vous faire ;
Mais le voulant traiter en coupable aujourd'hui,
Pourquoi consentiez-vous à rien prendre de lui[3] ?

TARTUFFE, *à l'Exempt.*

Délivrez-moi, Monsieur, de la criaillerie,
Et daignez accomplir votre ordre, je vous prie.

L'EXEMPT

Oui, c'est trop demeurer sans doute[4] à l'accomplir.
Votre bouche à propos m'invite à le remplir ;
Et pour l'exécuter, suivez-moi tout à l'heure
Dans la prison qu'on doit vous donner pour demeure.

TARTUFFE

Qui ? moi, Monsieur ?

L'EXEMPT

Oui, vous.

TARTUFFE

Pourquoi donc la prison ?

---

1. ***Zèle*** : empressement.
2. ***Pour devoir en distraire*** : pour vous en dissuader.
3. ***À rien prendre de lui*** : à accepter quoi que ce soit de sa part.
4. ***Sans doute*** : sans aucun doute, assurément.

L'EXEMPT

Ce n'est pas vous à qui j'en veux rendre raison.
Remettez-vous, Monsieur[1], d'une alarme si chaude.
Nous vivons sous un prince ennemi de la fraude,
Un prince dont les yeux se font jour[2] dans les cœurs,
Et que ne peut tromper tout l'art des imposteurs.
D'un fin discernement sa grande âme pourvue
Sur les choses toujours jette une droite vue;
Chez elle jamais rien ne surprend trop d'accès[3],
Et sa ferme raison ne tombe en nul excès.
Il donne aux gens de bien[4] une gloire immortelle;
Mais sans aveuglement il fait briller ce zèle,
Et l'amour pour les vrais ne ferme point son cœur
À tout ce que les faux doivent donner d'horreur.
Celui-ci n'était pas pour[5] le pouvoir surprendre,
Et de pièges plus fins on le voit se défendre.
D'abord[6] il a percé, par ses vives clartés,
Des replis de son cœur toutes les lâchetés.
Venant vous accuser, il s'est trahi lui-même,
Et par un juste trait de l'équité suprême
S'est découvert au prince un fourbe renommé,
Dont sous un autre nom il était informé;
Et c'est un long détail d'actions toutes noires,
Dont on pourrait former des volumes d'histoires.
Ce monarque, en un mot, a vers vous[7] détesté
Sa lâche ingratitude et sa déloyauté;

---

1. L'Exempt s'adresse ici à Orgon.
2. ***Se font jour*** : voient clair.
3. ***Chez elle jamais rien ne surprend trop d'accès*** : rien ne prend, dans son âme, trop d'importance sous le coup de la surprise.
4. ***Gens de bien*** : personnes honnêtes, animées de bonnes intentions.
5. ***Pour*** : de nature à.
6. ***D'abord*** : d'emblée.
7. ***Vers vous*** : envers vous (complète «sa lâche ingratitude et sa déloyauté»).

À ses autres horreurs il a joint cette suite,
Et ne m'a jusqu'ici soumis à sa conduite
Que pour voir l'impudence[1] aller jusques au bout,
Et vous faire par lui faire raison[2] de tout.
Oui, de tous vos papiers, dont il se dit le maître,
Il veut qu'entre vos mains je dépouille le traître.
D'un souverain pouvoir, il brise les liens
Du contrat qui lui fait un don de tous vos biens,
Et vous pardonne enfin cette offense secrète
Où vous a d'un ami fait tomber la retraite[3] ;
Et c'est le prix qu'il donne au zèle qu'autrefois
On vous vit témoigner en appuyant ses droits[4],
Pour montrer que son cœur sait, quand moins on y pense,
D'une bonne action verser la récompense,
Que jamais le mérite avec lui ne perd rien,
Et que mieux que du mal il se souvient du bien.

DORINE

Que le Ciel soit loué !

MADAME PERNELLE

Maintenant je respire.

ELMIRE

Favorable succès[5] !

MARIANE

Qui l'aurait osé dire ?

---

1. ***Impudence*** : offense.
2. ***Par lui faire raison*** : obtenir réparation grâce à lui.
3. ***Où vous a d'un ami fait tomber la retraite*** : auquel vous a incité l'exil de votre ami.
4. ***Au zèle qu'autrefois/ On vous vit témoigner en appuyant ses droits*** : à l'ardeur et au courage dont vous avez fait preuve en défendant la cause du roi (allusion aux services rendus par Orgon pendant la Fronde).
5. ***Succès*** : issue, dénouement.

© Brigitte et Marc Enguerand

■ À travers le décor et les costumes de sa mise en scène pour le festival d'Avignon en 1995, Ariane Mnouchkine dénonce l'islamisme radical et, plus largement, le patriarcat des sociétés fondamentalistes.

ORGON, *à Tartuffe.*

Hé bien ! te voilà, traître…

CLÉANTE

Ah ! mon frère, arrêtez,
Et ne descendez point à des indignités.
À son mauvais destin laissez un misérable,
Et ne vous joignez point au remords qui l'accable :
Souhaitez bien plutôt que son cœur en ce jour
Au sein de la vertu fasse un heureux retour,
Qu'il corrige sa vie en détestant son vice
Et puisse du grand prince adoucir la justice,
Tandis qu'à sa bonté vous irez à genoux
Rendre ce que demande un traitement si doux.

ORGON

Oui, c'est bien dit ; allons à ses pieds avec joie
Nous louer des bontés que son cœur nous déploie.
Puis, acquittés un peu de ce premier devoir,
Aux justes soins d'un autre il nous faudra pourvoir[1],
Et par un doux hymen[2] couronner en Valère
La flamme d'un amant généreux et sincère.

---

1. *Aux justes soins d'un autre il nous faudra pourvoir* : il nous faudra nous acquitter d'un second devoir.
2. *Hymen* : mariage.

DOSSIER

- Biographie de Molière
- Questionnaire sur l'œuvre
- Microlectures
- La condamnation de l'hypocrisie chez les moralistes du XVIIe siècle
- Réception critique et jugement du *Tartuffe* au fil des siècles : de la condamnation exemplaire à la réhabilitation
- S'approprier l'œuvre (pistes pour le carnet de lecture)
- Vers le bac

Biographie de Molière

La vocation théâtrale (1622-1643)

Jean-Baptiste Poquelin naît le 15 janvier 1622 à Paris. Il est le premier fils de Marie Cressé, qui donnera naissance à quatre autres enfants avant de mourir en 1632, et de Jean Poquelin, marchand tapissier à la cour du roi. De père en fils, les Poquelin héritent de cette prestigieuse fonction qui consiste à décorer les appartements royaux. Tout semble donc prédisposer l'aîné de la famille bourgeoise à honorer à son tour cette charge.

Pourtant, après de solides études au collège de Clermont[1], illustre institution jésuite, et une licence en droit obtenue à Orléans, le jeune homme signifie à son père – lequel est très déçu – son désir d'embrasser la carrière de saltimbanque et de devenir homme de théâtre. Son grand-père lui a transmis la passion de la scène en l'emmenant voir, enfant, les comédiens de l'Hôtel de Bourgogne et les scènes de la *commedia dell'arte*. En 1642, à la faveur d'un déplacement à Narbonne avec le roi Louis XIII auprès duquel il remplace son père, Jean-Baptiste aurait fait la connaissance d'une comédienne, Madeleine Béjart, venue jouer à la cour du monarque. Avec elle, devenue entre-temps sa maîtresse, et grâce à la part d'héritage qu'il a reçue à sa majorité, il fonde la troupe de l'Illustre-Théâtre.

La faillite de l'Illustre-Théâtre (1643-1645)

En 1643, sous le pseudonyme de Molière[2], il prend la direction de cette troupe, vouée à connaître bien des difficultés étant donné la

1. ***Collège de Clermont*** : actuel lycée Louis-le-Grand, situé rue Saint-Jacques, à Paris.
2. Aucun biographe ne connaît la raison de ce pseudonyme, dont Molière a, semble-t-il, toujours tu l'origine.

rude concurrence qui règne à Paris entre les différents acteurs professionnels. Après quelques mois de succès, essentiellement fondé sur son répertoire tragique, la troupe, installée dans une salle de jeu de paume[1] de la rive gauche, connaît des difficultés financières qui, en juin 1645, mènent Molière à deux reprises en prison pour des séjours de quelques jours. Ces avanies ont raison des ambitions parisiennes de l'Illustre-Théâtre qui disparaît deux ans après sa fondation.

Les débuts en province (1645-1658)

En compagnie de Madeleine et des autres comédiens, Molière intègre la troupe itinérante de Charles Dufresne qui, sous la protection du duc d'Épernon, gouverneur du Languedoc, sillonne le sud de la France pour se produire devant des publics très variés qui apprécient plus la franchise de la farce que la subtilité tragique. Pendant les treize années de cette vie nomade, de Bordeaux à Grenoble et de Lyon à Carcassonne, Molière fréquente toutes les couches de la société, les princes comme les paysans, les bourgeois aisés comme les hobereaux patelins, et fait de précieuses observations sur la nature humaine. Il parfait en outre sa technique de comédien et fourbit ses premières armes d'auteur comique en s'essayant à l'écriture de canevas de farce. En 1655, il est l'auteur de deux comédies : *L'Étourdi* et *Dépit amoureux*.
Entre-temps, en 1653, le prince de Conti a succédé au duc d'Épernon et, à la cour du château de Pézenas, a pris sous son aile la troupe de Molière. Ancien camarade du comédien au collège de Clermont, ce grand seigneur a subi dans sa jeunesse l'ascendant de la pensée libertine et pourrait bien avoir servi de modèle à Dom Juan. Il entend que ses hôtes divertissent de leurs spectacles les états généraux[2] du sud-

1. Le ***jeu de paume***, très à la mode au début du XVIIe siècle, est une activité assez proche de notre tennis actuel ; il se jouait dans de grandes salles couvertes. L'engouement du public pour ce sport faiblissant, certaines salles furent reconverties en théâtre.
2. ***États généraux*** : assemblées politiques régulièrement convoquées par le roi de France en province.

ouest de la France. Mais, en 1656, sa spectaculaire conversion fait de lui un catholique intransigeant et un farouche opposant au théâtre. La troupe est subitement orpheline et privée de subventions.

Le retour à Paris et les premiers succès (1658-1663)

Ce revers de fortune provoque le retour des comédiens à Paris. Grâce à l'entremise de Monsieur, frère de Louis XIV et duc d'Orléans, qui leur a accordé son soutien, Molière et sa troupe ont l'occasion de jouer devant le roi en personne. Si la tragédie choisie, *Nicomède* de Corneille, n'a pas l'heur de plaire au monarque, en revanche, le divertissement comique du *Docteur amoureux* – écrit par Molière et également interprété ce soir-là – lui arrache des éclats de rire. La récompense ne tarde pas : Molière et ses acolytes obtiennent l'autorisation de se produire en alternance avec les Comédiens-Italiens au théâtre du Petit-Bourbon, à côté du Louvre. Le répertoire tragique n'attirant pas les foules parisiennes[1], Molière, qui aurait aimé devenir un tragédien reconnu à l'image de Pierre Corneille, se résigne à l'écriture de nouvelles pièces comiques.

Sa véritable carrière de dramaturge commence alors. En 1659, la pièce *Les Précieuses ridicules* marque son premier grand succès d'auteur. En stigmatisant les ambitions pédantes d'une certaine société féminine parisienne, sa satire touche juste et révèle un des ridicules de l'esprit du temps. Molière excelle à portraiturer ces femmes qui, sous couvert d'aimer la littérature, développent des manières snob et régentent tout le monde avec affectation. Avec cette pièce, il réussit le tour de force de plaire à la fois à un public noble, celui du roi et de ses courtisans, et à la foule bigarrée qui fréquente assidûment son théâtre.

Installé au Palais-Royal, dans un théâtre originellement construit par Richelieu, Molière donne peu de temps après, en 1663, *L'École des femmes*, sa première grande comédie en cinq actes dont le

1. En 1661, *Dom Garcie de Navarre*, la tragi-comédie en cinq actes et en vers qu'a composée Molière, se solde par un échec.

triomphe est à la hauteur du scandale qu'elle suscite. Le sujet, l'éducation des femmes, en est hautement polémique en ces temps de rigorisme patriarcal, et Molière s'attire les foudres de toute une frange conservatrice de l'opinion. On l'accuse de bafouer la sainte institution du mariage et les traditions religieuses. Il est soupçonné de vouloir instiller le goût de l'obscénité et l'irrespect moral à ses jeunes spectatrices. Molière répond aux critiques en écrivant deux comédies : *La Critique de L'École des femmes* et *L'Impromptu de Versailles*.

Le temps des Querelles

Ce climat de polémique ne s'apaise pas, loin s'en faut, avec la création du *Tartuffe* (1664), lors de la grande fête des *Plaisirs de l'Île enchantée* à Versailles. Déjà alertés par le thème de la précédente pièce de Molière, les dévots organisent une véritable cabale contre ce dramaturge libertin, qu'ils accusent de vouloir discréditer la dévotion sincère sous couvert de dénoncer l'hypocrisie religieuse. Ces catholiques intransigeants ne lui pardonnent pas d'éclairer par la satire certains dévoiements du zèle religieux. Pour eux, la direction de conscience et la réforme des mœurs sont de saintes nécessités dont nul n'a le droit de se moquer. Malgré la virulence des attaques, notamment en provenance de la Compagnie du Saint-Sacrement de l'Autel, le roi, parrain la même année du premier fils de Molière, ne retire pas sa protection aux comédiens. Tout en suspendant leur pièce, il les nomme Troupe officielle du roi. Il faudra attendre cinq ans pour que *Le Tartuffe* soit à nouveau monté.

L'année suivante, en 1665, Molière tente de répliquer à ses pieux ennemis en écrivant *Dom Juan*, qui persiste à dénoncer les dévots hypocrites. Malgré la pension dont il gratifie le dramaturge et ses comédiens, le roi semble céder aux pressions insidieuses des polémistes et préconise sans doute la suspension de la pièce, quelques semaines seulement après la première représentation. Rendu amer par ce défaut de courage politique, Molière crée l'année suivante, en 1666, sa grande et mélancolique comédie du *Misanthrope*, dans laquelle il évoque la victoire de la complaisance sociale sur la vertu de la sincérité. Le succès n'est pas au rendez-vous de cette réflexion subtile sur les mœurs du temps et la servilité des courtisans. En outre, Molière connaît au même moment de sérieuses difficultés sentimentales avec sa jeune femme, Armande Béjart, la jeune sœur de Madeleine, qu'il a épousée quelques années plus tôt. Un sordide complot ourdi par ses ennemis fait courir le bruit qu'Armande n'est autre que sa fille. L'état de santé de Molière se détériore alors sensiblement ; la tuberculose dont il est atteint progresse.

Les dernières œuvres

Si le temps des provocations est bel et bien révolu, la créativité dramatique de Molière ne faiblit pas. Aux pointes hardies du *Tartuffe* et de *Dom Juan* succèdent, dans un premier temps, l'ambiguïté du *Misanthrope*, puis des pièces à machines ou des farces divertissantes comme *Amphitryon* et *George Dandin* (1668). Une impressionnante liste de chefs-d'œuvre vient compléter le répertoire de l'auteur, avec notamment des comédies de caractères tels *L'Avare* (1668) et *Les Femmes savantes* (1672), qui dénoncent le pédantisme d'une façon très acerbe, et enfin des comédies-ballets comme *Le Bourgeois gentilhomme*, en 1670. S'il renouvelle le genre dramatique en créant, avec le compositeur Lully[1], un type de spectacle mêlant ambitieusement musique, danse et théâtre, Molière ne semble pas prêt à renouer avec l'audace politique de ses précédents sujets. Il s'en tient prudemment à épingler des ridicules de caractère. Ironie du sort : en 1669, *Le Tartuffe*, enfin autorisé, est un triomphe. En 1671, *Les Fourberies de Scapin* constituent un apogée de l'écriture dramatique de Molière,

1. ***Jean-Baptiste Lully*** (1632-1687) : compositeur et courtisan d'origine italienne ; il fut le maître de musique de Louis XIV. Il exerça une profonde influence sur la production musicale de son époque et collabora avec Molière pour la composition de ses comédies-ballets avant de se brouiller avec le dramaturge.

à la fois par la maîtrise de l'intrigue que la pièce révèle et par le sens du spectacle qu'elle développe. Mais Molière est rongé par la tuberculose.

Une mort théâtrale

S'il reste une institution à laquelle Molière n'a pas renoncé à s'attaquer, c'est bien la médecine. *Le Malade imaginaire* (1673), comédie-ballet hantée par le spectre de la mort, se moque précisément de ces doctes pédants qui, aux yeux du dramaturge, ne sont bien souvent que de sinistres pitres. À cinquante et un ans, alors que, pour la quatrième fois seulement, il interprète Argan, le héros maniaque et hypocondriaque de cette pièce, il est pris de convulsions sur scène et, au dernier acte, fait un malaise dont il ne se remettra pas. Les médecins, qu'il avait si cruellement raillés, ne lui seront d'aucun secours. Privé de l'absolution d'un prêtre, n'ayant pu renier sa profession impie[1], ce comédien manquera de peu être enterré dans la fosse commune, comme nombre de ses pairs. Grâce à l'intervention de Louis XIV, auprès duquel il n'était pourtant plus en grâce, et à celle d'Armande, venue supplier le monarque, la dépouille de Molière sera inhumée dans une sépulture chrétienne du cimetière de sa paroisse, à Saint-Joseph, près des Halles, mais au cours d'un enterrement nocturne et sans aucun service funèbre.

---

1. Le théâtre, dont le pouvoir de divertissement détourne de la prière et du recueillement, est considéré par la religion chrétienne comme une pratique impie et corruptrice. Quiconque se livre à cette activité pour en vivre, sous l'Ancien Régime, s'expose à être excommunié par l'Église.

Questionnaire sur l'œuvre

Le théâtre dans le théâtre

1. À plusieurs reprises dans la pièce, le dispositif dramatique est celui d'une comédie dans la comédie. Des personnages évoluent et jouent un rôle, en présence d'un ou de plusieurs personnages-spectateurs, visibles ou non. Citez les deux scènes d'aveux qui répondent très exactement à cette définition. Expliquez dans chacune d'elles la configuration des personnages.

2. En quoi peut-on dire que, même en l'absence de témoin caché, certaines scènes – acte I, scène 1, acte II, scènes 3 et 4 – sont à elles seules des petites comédies dans la comédie ?

3. Tartuffe n'apparaît que tardivement sur scène, au troisième acte. Quel est l'intérêt dramatique de ce choix ?

4. Montrez que, dans la scène 2 de l'acte III, le comportement de Dorine accentue encore la dimension ostentatoire et théâtrale du personnage de Tartuffe.

Le mélange des genres et des registres

1. En réunissant le mari, la femme et, sinon l'amant, du moins le prétendant à l'adultère, certaines scènes reprennent le schéma traditionnel de la farce. C'est le cas du second entretien entre Elmire et Tartuffe, lors de la scène 4 de l'acte IV. Pourtant, le comique de cette scène est compromis par une gravité plus tragique. Comment l'expliquez-vous ?

2. À plusieurs reprises, Tartuffe mêle le langage sacré à la rhétorique amoureuse. Citez deux passages illustrant cette manie verbale du personnage.

3. L'intrigue principale, dont l'enjeu est la duperie d'Orgon par Tartuffe, se complique d'intrigues sentimentales, mais également d'une intrigue politique. En relisant les vers 1578-1584, pouvez-vous

expliquer quelle menace Tartuffe fait peser sur Orgon et sa famille, dès la fin de l'acte IV ?

4. Qu'est-ce qui décide enfin Orgon à sortir de sa cachette lorsqu'il assiste, en catimini, à la tentative de subornation d'Elmire par Tartuffe ? Quelle tonalité le caractère tardif de cette réaction donne-t-il à la scène ?

Faux-semblants et double énonciation

1. Au théâtre, la parole d'un personnage a toujours deux destinataires : les autres personnages présents sur la scène et le public. C'est ce qu'on appelle la double énonciation. Dans quelle mesure peut-on parler à la scène 4 de l'acte V d'une « triple énonciation » ?

2. Tartuffe apparaît dans une dizaine de scènes sur l'ensemble de la pièce. Classez ces dix scènes en deux catégories selon que le personnage joue pleinement son rôle d'hypocrite ou qu'il laisse deviner, derrière le masque dévot, sa vraie nature. Que constatez-vous, du point de vue du nombre de scènes et de leur distribution ?

L'esthétique baroque du renversement de situation

1. Lors du premier entretien entre Elmire et Tartuffe, l'intervention brutale de Damis contrarie le projet et la stratégie d'Elmire. Qu'espérait-elle négocier en laissant Tartuffe aller jusqu'au bout de sa déclaration ?

2. Montrez que, en dépit d'une configuration et d'une distribution quasi identiques des personnages d'une scène à l'autre (Tartuffe, Elmire, et une tierce personne qui est témoin de leur échange), la scène 4 de l'acte IV est plus le contrepoint que la reproduction de la scène 3 de l'acte III. Énoncez les différences qui existent entre ces deux scènes de séduction en étudiant les rapports de forces entre les protagonistes, le déroulement dramatique de la scène et son issue.

3. Un coup de théâtre est une péripétie inattendue qui bouleverse le cours de l'action : expliquez en quoi consiste le coup de théâtre, à la toute fin de la pièce. À quel type de dénouement le spectateur s'attendait-il avant la dernière scène et en quoi y a-t-il retournement de situation ?

Microlectures

Microlecture n° 1 : l'exposition – acte I, scène 1

Une scène d'exposition doit exposer les faits dont la connaissance est indispensable à la compréhension du déroulement de l'intrigue. Elle doit également présenter les personnages, et amorcer la suite de l'action. D'un point de vue dramaturgique, c'est un moment délicat qui doit éviter deux écueils : le statisme et l'invraisemblance.

Une intrusion qui sème la discorde au sein d'une famille

1. Résumez brièvement les événements survenus avant le début de la pièce et nécessaires à la compréhension de l'intrigue.

2. À l'aide des informations qui vous sont délivrées dans le début de la pièce, dessinez rapidement un arbre généalogique figurant les relations et les liens familiaux unissant les différents personnages. Quels sont les deux camps en présence ?

3. Dès le premier acte de la pièce, plusieurs intrigues galantes s'ébauchent. Énoncez les deux couples de personnages concernés par les projets amoureux auxquels il est fait allusion.

Une scène chorégraphiée avec brio

1. Goethe considérait l'exposition du *Tartuffe* comme unique au monde : « C'est ce qu'il y a de plus grand et de meilleur dans le genre »,

disait-il. Relisez la scène 1 de l'acte I et montrez par quels procédés Molière parvient à donner à ce moment dramatique une dynamique et une énergie hors du commun.

2. Quels sont les avantages de la situation de crise et de l'antagonisme entre les différents personnages au regard de la vraisemblance et du dynamisme de la scène ? Portez une attention toute particulière à la façon dont s'enchaînent les portraits.

3. Relevez quelques-uns des effets comiques auxquels a recours le dramaturge. Vous aurez soin de varier les exemples en illustrant le comique de gestes, de mots ou de situation.

Une scène polémique

1. En observant la longueur des répliques dans l'ensemble de la scène, et leur distribution, indiquez comment évolue le rapport de forces entre Dorine et Mme Pernelle.

2. L'éloge et le blâme : dans les répliques de Mme Pernelle et de Dorine, relevez les expressions élogieuses et les expressions péjoratives employées pour caractériser le personnage de Tartuffe.

3. Outre ce désaccord sur la personne de Tartuffe, des divergences idéologiques plus profondes – sur le mode de vie notamment – séparent les camps en présence. Lesquelles ? Énumérez-les.

Microlecture n° 2 : Tartuffe entre en scène – acte III, scène 2

Dans cette scène de transition, sans enjeu dramatique latent, à l'exception de l'apparition de Tartuffe, Molière réussit à confirmer le jugement et les *a priori* du spectateur, tout en ménageant chez lui un effet de surprise comique. La postérité ne s'y est pas trompée qui, parmi toutes les répliques prononcées par Tartuffe, a retenu celle-ci : « Couvrez ce sein que je ne saurais voir », emblématique de l'hypocrisie pudibonde du personnage. Tenant, au-delà de toute espérance, les promesses que les deux premiers actes ont formées à son propos, Tartuffe complète son portrait, en acte, face à l'impertinente Dorine.

Des soupçons confirmés

Deux portraits *in absentia* de Tartuffe ont déjà été brossés : celui d'un goujat grossier et épicurien, campé par les propos de Dorine (acte I, scène 4) et celui d'un homme confit en sainteté, vénéré par Orgon, à la scène suivante (acte I, scène 5). Où se trouve la vérité ? À qui faut-il se fier ?

1. Quels sont les éléments du texte qui, d'emblée, ne permettent pas de douter de la duplicité du personnage ?
2. Quelles sont les qualités chrétiennes par lesquelles le faux dévot entend se faire valoir aux yeux de Dorine ?
3. À quelles pratiques religieuses font référence les attributs qu'il réclame à Laurent : la haire et la discipline ?

La comédie du mouchoir

Dans cette scène, les objets jouent un rôle particulièrement important. Après la haire et la discipline, il est question d'un mouchoir, dont la raison d'être attise très fortement la curiosité du spectateur. Véritable metteur en scène de son propre personnage, Tartuffe y recourt comme à un accessoire hautement symbolique.

1. Comment Tartuffe s'y prend-il pour mettre en scène son indignation face au décolleté de Dorine ? Comment l'effet de surprise est-il créé ?
2. Étudiez le registre de langage de Tartuffe. À quel champ lexical appartient la très grande majorité des termes qu'il emploie ? Quel effet le mot « mouchoir » crée-t-il au cœur de ses répliques ?
3. De quelle nouvelle vertu Tartuffe entend-il se parer en enjoignant Dorine de couvrir son décolleté avec un mouchoir ?

La concupiscence démasquée

Dans cette courte scène, Dorine et Tartuffe forment un irrésistible duo comique, dont l'efficacité tient en grande partie à la résistance sceptique que la servante oppose à la comédie de son interlocuteur. L'hypocrite a affaire à un adversaire de tout premier ordre, Dorine ayant déjà largement confirmé son audace et son impertinence verbale, annoncées dans le portrait que Mme Pernelle a fait d'elle à la scène 1 de l'acte I. C'est elle qui, par ses réactions, compromet l'efficacité de la représentation du personnage.

1. En tant que spectatrice, Dorine se laisse-t-elle facilement convaincre par les jeux de scène déployés par Tartuffe ? Quelles sont les répliques qui laissent entendre son incrédulité ? En quoi illustrent-elles tout particulièrement la double énonciation qui a cours au théâtre ?

2. Dorine éprouve-t-elle une once de culpabilité à la suite de la réprobation scandalisée du prude Tartuffe ? Comment parvient-elle à transformer l'indignation de son interlocuteur en une cuisante humiliation ?

3. Aux vers 863-868, l'ironie cinglante de la réponse de Dorine jette une lumière nouvelle sur le comportement de Tartuffe. Ne peut-on faire l'hypothèse que, bien plus qu'un calcul délibéré pour paraître chaste, l'accès de pudeur du personnage traduit en réalité chez lui une véritable surprise des sens ?

4. Dans la suite de l'échange, laquelle de ses réactions confirme effectivement une sensibilité déplacée au charme féminin ?

Microlecture n° 3 : un morceau de bravoure rhétorique – acte III, scène 3

Dans cette grande scène de séduction et d'aveu amoureux, le génie dramatique de Molière donne au genre comique la force et le prestige littéraire de la tragédie. La grande habileté rhétorique dont fait preuve Tartuffe confère à la scène toute sa finesse psychologique et sa *maestria* verbale. Pour comprendre en quoi consiste cet art précisément, il convient de rappeler les trois types de discours qui sont traditionnellement répertoriés par la rhétorique classique (le judiciaire, le délibératif, l'épidictique), depuis l'Antiquité, afin de montrer avec quelle maîtrise ils s'entrelacent dans les propos du faux dévot.

	Le judiciaire	Le délibératif	L'épidictique
Intentions	Accuser/ défendre	Conseiller/ dissuader	Louer/ blâmer
Critères d'argumentation	Juste/ injuste Réel/ irréel	Possible/ impossible Utile/ nuisible	Beau/ laid Bon/ mauvais
Temporalité considérée	Passé	Futur	Présent
Types de mise en œuvre	Procès, plaidoyer	Discours politique, recommandations amicales, prescriptions morales	Discours divers, portraits, réceptions à l'académie, éloge funèbre

Une déclaration « tout à fait galante »

1. Dans cette tirade, Tartuffe nourrit deux intentions conjointes : flatter Elmire et la convaincre que l'amour qu'il éprouve pour elle est l'expression d'une piété profonde. Il allie donc le registre épidictique et le registre délibératif. Relevez un exemple de compliment hyperbolique adressé à Elmire. Énoncez le raisonnement en trois temps, appelé syllogisme, par lequel Tartuffe justifie aux yeux d'Elmire son amour, compatible, selon lui, avec la foi chrétienne.

2. L'éloge du divin est inextricablement mêlé à l'éloge du féminin, et le langage religieux aux considérations amoureuses. Repérez les expressions relevant de chacun des deux champs lexicaux.

3. Dans certains passages, Tartuffe se peint sous les traits d'une sorte de chevalier servant, prêt à tous les sacrifices et à un suprême renoncement à soi. À quelle époque et à quelle culture peut se rattacher cet idéal d'asservissement volontaire à la femme aimée ?

Une respectabilité presque sauve

Dans un discours rhétorique, le locuteur, tout en poursuivant un but concret – louer, convaincre ou juger –, est également soucieux de préserver son image et sa respectabilité, appelée *ethos* par Aristote – philosophe et théoricien de la rhétorique pendant l'Antiquité. Cette notion d'*ethos* repose sur trois qualités fondamentales : le bon sens, la bienveillance et la vertu.

1. En quoi consiste la vertu chez Tartuffe ? Montrez qu'elle est ostentatoire et outrancière.

2. Comment s'exprime sa bienveillance à l'égard d'Elmire (v. 879-882 ; v. 885 ; v. 892-893) ? Vous semble-t-elle tout à fait sincère et désintéressée ?

3. Tartuffe fait également preuve d'un bon sens qui frise le cynisme dans les propositions et les garanties qu'il expose à Elmire (v. 985-994). Que lui promet-il pour la convaincre de céder à ses avances ?

Une tirade dans les règles de l'art

Du vers 966 au vers 1012, Tartuffe redouble de virtuosité et construit sa deuxième tirade dans un strict respect de l'éloquence classique. Les grands théoriciens de cette discipline recommandent en effet de toujours commencer son discours par une considération d'ordre général propice à capter l'attention de l'interlocuteur (on l'appelle la *captatio benevolentiæ*), de le poursuivre par un récit particulier exposant faits et circonstances (*narratio*), et de le conclure en cherchant à susciter l'émotion de celui à qui s'adresse le discours (péroraison).

1. Isolez les vers contenant la première étape (*captatio benevolentiæ*) et identifiez ses caractéristiques énonciatives (pronom personnel, temps verbal, etc.).

2. Isolez la partie narrative. Relevez des expressions hyperboliques. À quel temps les verbes sont-ils conjugués cette fois-ci ?

3. Très longue, la péroraison repose sur les passions ou l'intérêt du public. Elle vise à susciter chez lui une émotion pathétique, une identification ou un sentiment de confiance. Pouvez-vous dire où commence cette phase ultime du discours dans la tirade de Tartuffe ? À quels sentiments précis Tartuffe fait-il appel chez Elmire ?

4. Entraînez-vous à distinguer ces trois mêmes mouvements dans la précédente tirade de Tartuffe (v. 933-960).

La condamnation de l'hypocrisie chez les moralistes du XVIIe siècle

La Fontaine, « Le Rat qui s'est retiré du monde » (*Fables*, recueil de 1678)

Dans cette fable, sans doute inspirée par l'actualité puisqu'elle a été écrite en 1675, époque à laquelle le clergé régulier protestait contre une imposition extraordinaire destinée à soutenir l'effort de guerre en Hollande[1], La Fontaine (1621-1695) enrichit encore le bestiaire moral de son « ample comédie aux cent actes divers » en incarnant la figure du faux dévot sous les traits d'un rat intempérant.

Le Rat qui s'est retiré du monde

Les Levantins[2] en leur légende
Disent qu'un certain Rat, las des soins d'ici-bas,
Dans un fromage de Hollande
Se retira loin du tracas.
La solitude était profonde,
S'étendant partout à la ronde.
Notre ermite nouveau subsistait là-dedans.
Il fit tant, de pieds et de dents,
Qu'en peu de jours il eut au fond de l'ermitage
Le vivre et le couvert : que faut-il davantage ?
Il devint gros et gras ; Dieu prodigue ses biens
À ceux qui font vœu d'être siens.
Un jour, au dévot personnage
Des députés du peuple Rat

1. La guerre de Hollande a commencé en 1672. Elle opposait la France à la partie septentrionale des Pays-Bas.
2. *Levantins* : peuples originaires des côtes orientales de la Méditerranée.

S'en vinrent demander quelque aumône légère :
Ils allaient en terre étrangère
Chercher quelque secours contre le peuple chat;
Ratopolis était bloquée :
On les avait contraints de partir sans argent,
Attendu l'état indigent
De la République attaquée.
Ils demandaient fort peu, certains que le secours
Serait prêt dans quatre ou cinq jours.
«Mes amis, dit le Solitaire,
Les choses d'ici-bas ne me regardent plus :
En quoi peut un pauvre Reclus
Vous assister? que peut-il faire,
Que de prier le Ciel qu'il vous aide en ceci?
J'espère qu'il aura de vous quelque souci.»
Ayant parlé de cette sorte,
Le nouveau Saint ferma sa porte.

Qui désignai-je, à votre avis,
Par ce Rat si peu secourable?
Un Moine? Non, mais un Dervis[1] :
Je suppose qu'un Moine est toujours charitable.

Fables, livre VII, fable 3.

1. Dans sa pièce, Molière dénonce à travers le personnage de Tartuffe la fonction de directeur de conscience qui, au nom de la morale chrétienne, s'immisce dans l'intimité des familles pour régenter les affaires privées. Quelle est ici la partie du clergé visée par la satire de La Fontaine?

2. Malgré leur différence de statut, quel est le vice commun entre Tartuffe et le rat-ermite de la fable de La Fontaine? Relevez les adjectifs qu'utilise le poète pour dénoncer ce défaut qui figure parmi les sept péchés capitaux.

3. Selon qu'elle est pratiquée en société ou, au contraire, associée à une retraite solitaire, l'hypocrisie religieuse engendre des comportements

1. ***Dervis*** : religieux musulman.

différents, mais également blâmables. Quelles sont les attitudes bien peu chrétiennes que dénonce La Fontaine chez son rat-ermite ?

4. Comment La Fontaine, peut-être aguerri par les polémiques suscitées par *Le Tartuffe*, cherche-t-il à se prémunir contre la critique des dévots de son temps ?

La Bruyère, *Les Caractères* (1688)

Dans ses *Caractères*, Jean de La Bruyère (1645-1696) s'intéresse lui aussi à la figure du faux dévot et à l'hypocrisie religieuse, mais au lieu de les peindre avec les armes du dramaturge comique, ou avec celles du fabuliste, il s'y consacre avec les ressources de la prose descriptive. Dans son chapitre « De la mode », la figure d'Onuphre hérite à bien des égards de son cousin théâtral : Onuphre se sert de la dévotion pour prospérer en société et feint la sainteté pour se mettre sous la protection des puissants. Cette nouvelle variation souligne également la difficulté intrinsèque liée à la représentation d'un tel vice. Comment représenter un personnage qui aspire à paraître autre qu'il est ? Soit le personnage est un habile imposteur, et tout son entourage sans exception devrait alors être sa dupe, soit son hypocrisie est bien visible, auquel cas on comprend mal qu'il puisse berner qui que ce soit. Pour venir à bout de ce paradoxe, le dramaturge est contraint d'alterner la feinte et le naturel, l'imposture et la vérité psychologique, au contraire du moraliste qui, lui, dispose des ressources de l'analyse pour décrire objectivement son personnage.

De la mode, Onuphre

Onuphre [...] ne dit point : « Ma haire et ma discipline[1] », au contraire ; il passerait pour ce qu'il est, pour un hypocrite, et il veut

1. Voir p. 205.

passer pour ce qu'il n'est pas, pour un homme dévot : il est vrai qu'il fait en sorte que l'on croit, sans qu'il le dise, qu'il porte une haire et qu'il se donne la discipline. Il y a quelques livres répandus dans sa chambre indifféremment, ouvrez-les : c'est *Le Combat spirituel*, *Le Chrétien intérieur*, et *L'Année sainte* ; d'autres livres sont sous la clef. S'il marche par la ville, et qu'il découvre de loin un homme devant qui il est nécessaire qu'il soit dévot, les yeux baissés, la démarche lente et modeste, l'air recueilli lui sont familiers : il joue son rôle. S'il entre dans une église, il observe d'abord de qui il peut être vu ; et selon la découverte qu'il vient de faire, il se met à genoux et prie, ou il ne songe ni à se mettre à genoux ni à prier. Arrive-t-il vers lui un homme de bien et d'autorité qui le verra et qui peut l'entendre, non seulement il prie, mais il médite, il pousse des élans et des soupirs ; si l'homme de bien se retire, celui-ci, qui le voit partir, s'apaise et ne souffle pas. Il entre une autre fois dans un lieu saint, perce la foule, choisit un endroit pour se recueillir, et où tout le monde voit qu'il s'humilie : s'il entend des courtisans qui parlent, qui rient, et qui sont à la chapelle avec moins de silence que dans l'antichambre, il fait plus de bruit qu'eux pour les faire taire ; il reprend sa méditation, qui est toujours la comparaison qu'il fait de ces personnes avec lui-même, et où il trouve son compte. Il évite une église déserte et solitaire, où il pourrait entendre deux messes de suite, le sermon, vêpres et complies, tout cela entre Dieu et lui, et sans que personne lui en sût gré : il aime la paroisse, il fréquente les temples où se fait un grand concours[1] ; on n'y manque point son coup, on y est vu. Il choisit deux ou trois jours dans toute l'année, où à propos de rien il jeûne ou fait abstinence ; mais à la fin de l'hiver il tousse, il a une mauvaise poitrine, il a des vapeurs, il a eu la fièvre : il se fait prier, presser, quereller pour rompre le carême dès son commencement, et il en vient là par complaisance. […] S'il se trouve bien d'un homme opulent, à qui il a su imposer, dont il est le parasite, et dont il peut tirer de grands secours, il ne cajole point sa femme, il ne lui fait du moins ni avance ni déclaration ; il s'enfuira, il lui laissera son manteau, s'il n'est aussi

1. ***Concours*** : affluence de monde.

sûr d'elle que de lui-même. Il est encore plus éloigné d'employer pour la flatter et pour la séduire le jargon de la dévotion ; ce n'est point par habitude qu'il le parle, mais avec dessein, et selon qu'il lui est utile, et jamais quand il ne servirait qu'à le rendre très ridicule. [...] Il n'oublie pas de tirer avantage de l'aveuglement de son ami, et de la prévention où il l'a jeté en sa faveur ; tantôt il lui emprunte de l'argent, tantôt il fait si bien que cet ami lui en offre : il se fait reprocher de n'avoir pas recours à ses amis dans ses besoins [...]. Il ne pense point à profiter de toute sa succession, ni à s'attirer une donation générale de tous ses biens, s'il s'agit surtout de les enlever à un fils, le légitime héritier : un homme dévot n'est ni avare, ni violent, ni injuste, ni même intéressé ; Onuphre n'est pas dévot, mais il veut être cru tel, et par une parfaite, quoique fausse imitation de la piété, ménager sourdement ses intérêts : aussi ne se joue-t-il pas à la ligne directe[1], et il ne s'insinue jamais dans une famille où se trouvent tout à la fois une fille à pourvoir et un fils à établir ; il y a là des droits trop forts et trop inviolables : on ne les traverse point sans faire de l'éclat (et il l'appréhende), sans qu'une pareille entreprise vienne aux oreilles du Prince, à qui il dérobe sa marche, par la crainte qu'il a d'être découvert et de paraître ce qu'il est [...].

Les Caractères, chapitre XIII, 24.

1. Relevez toutes les allusions directes à la pièce de Molière et au déroulement de son intrigue.

2. Par toutes ces références au personnage de Tartuffe, que reproche le moraliste au dramaturge ? Quelles sont selon lui les qualités éminentes qui caractérisent un vrai « faux dévot » et qui font défaut à Tartuffe ?

3. Comment s'y prend-il, lui, pour suggérer, dans son portrait, la duplicité de son personnage ? Un tel procédé est-il possible au théâtre ?

---

1. ***Ligne directe*** : héritage en succession directe, comme celui que le père transmet à son fils.

La Rochefoucauld, *Maximes* (1664)

Dans ses *Maximes ou Sentences morales*, constituées de brefs fragments traitant des vertus, des vices de l'homme et de ses comportements sociaux, François de La Rochefoucauld (1613-1680) entreprend de mettre à nu la vérité du cœur humain, ses faiblesses et ses tromperies. Cet aristocrate, qui, depuis les événements de la Fronde, a vu la noblesse à laquelle il appartient réduite et domptée par l'autorité monarchique de Louis XIV, ne jette plus sur la nature humaine qu'un regard empreint de pessimisme désabusé. L'amour-propre régit en réalité la plupart des mouvements de la nature humaine, et il n'est jusqu'aux différentes formes de tristesse et d'affliction, pourtant réputées sincères, qui n'abritent dans leur expression une part d'hypocrisie.

Maxime 233

Il y a dans les afflictions diverses sortes d'hypocrisie. Dans l'une, sous prétexte de pleurer la perte d'une personne qui nous est chère, nous nous pleurons nous-mêmes ; nous regrettons la bonne opinion qu'il avait de nous ; nous pleurons la diminution de notre bien, de notre plaisir, de notre considération. Ainsi les morts ont l'honneur des larmes qui ne coulent que pour les vivants. Je dis que c'est une espèce d'hypocrisie, à cause que dans ces sortes d'afflictions on se trompe soi-même. Il y a une autre hypocrisie qui n'est pas si innocente, parce qu'elle impose à tout le monde : c'est l'affliction de certaines personnes qui aspirent à la gloire d'une belle et immortelle douleur. Après que le temps, qui consume tout, a fait cesser celle qu'elles avaient en effet, elles ne laissent pas d'opiniâtrer leurs pleurs, leurs plaintes, et leurs soupirs ; elles prennent un personnage lugubre, et travaillent à persuader par toutes leurs actions que leur déplaisir ne finira qu'avec leur vie. Cette triste et fatigante vanité se trouve d'ordinaire dans les femmes ambitieuses. Comme leur sexe leur ferme tous les chemins qui mènent à la gloire, elles s'efforcent de se rendre célèbres par la montre d'[1]une inconsolable affliction. Il y a encore une

1. ***Par la montre d'*** : en montrant.

autre espèce de larmes qui n'ont que de petites sources qui coulent et se tarissent facilement. On pleure pour avoir la réputation d'être tendre ; on pleure pour être plaint ; on pleure pour être pleuré ; enfin on pleure pour éviter la honte de ne pleurer pas.

Maximes, 233.

1. La Rochefoucauld distingue trois types de douleurs, de degrés différents, qui ne sont pas sincères. De quelles natures sont ces douleurs ?

2. Quelles sont les véritables motivations des personnes qui prétendent éprouver ces sentiments ? Quel intérêt personnel ou social trouvent-elles à cette contrefaçon ?

3. Quel jugement le moraliste semble-t-il porter sur cette hypocrisie de la tristesse humaine ? S'en offusque-t-il, la condamne-t-il avec sévérité, ou bien, au contraire, la juge-t-il avec un relatif fatalisme ?

4. Pourquoi peut-on dire que l'hypocrisie est un des masques que revêt l'amour-propre chez l'homme ?

Réception critique et jugement du *Tartuffe* au fil des siècles : de la condamnation exemplaire à la réhabilitation

Pierre Roullé, *Le Roi glorieux au monde, ou Louis XIV le plus glorieux de tous les rois du monde* (1666)

Dans ce violent libelle paru en 1666, Pierre Roullé, curé de Saint-Barthélemy et docteur en Sorbonne, fustige Molière et alimente la cabale des dévots contre sa comédie *Le Tartuffe*. Son ton est si violemment polémique qu'il n'hésite pas à réclamer le bûcher pour l'auteur, comme s'il s'agissait, ni plus ni moins, d'un hérétique.

Un homme, ou plutôt un démon vêtu de chair et habillé en homme, et le plus signalé impie et libertin qui fut jamais dans les siècles passés, avait eu assez d'impiété et d'abomination pour faire sortir de son esprit diabolique une pièce toute prête d'être rendue publique en la faisant exécuter sur le théâtre, à la dérision de toute l'Église, et au mépris du caractère le plus sacré et de la fonction la plus divine, et au mépris de ce qu'il y a de plus saint dans l'Église, ordonnée du Sauveur pour la sanctification des âmes, à dessein d'en rendre l'usage ridicule, contemptible[1], odieux. Il méritait, par cet attentat sacrilège et impie, un dernier supplice exemplaire et public, et le feu même avant-coureur de celui de l'Enfer, pour expier un crime si grief[2] de lèse-Majesté divine, qui va à ruiner la religion catholique, en blâmant et jouant sa plus religieuse et sainte pratique, qui est la conduite et direction des âmes et des familles par de sages guides et conducteurs pieux. Mais Sa Majesté, après lui avoir fait un sévère reproche, animée d'une forte colère, par un trait de sa clémence ordinaire, en laquelle il imite la douceur essentielle à Dieu, lui a, par abolition, remis[3] son insolence et pardonné sa hardiesse démoniaque, pour lui donner le temps d'en faire pénitence publique et solennelle toute sa vie. Et, afin d'arrêter, avec succès, la vue et le débit de sa production impie et irréligieuse, et de sa poésie licencieuse et libertine, elle lui a ordonné sur peine de la vie, d'en supprimer et déchirer, étouffer et brûler tout ce qui en était fait, et de ne plus rien faire à l'avenir de si indigne et infamant, ni rien produire au jour de si injurieux à Dieu, et outrageant à l'Église, la religion, les sacrements, et les officiers les plus nécessaires au salut; lui déclarant publiquement et à toute la terre, qu'on ne saurait rien faire, ni dire, qui lui soit plus désagréable et odieux, et qui le touche le plus au cœur que ce qui fait atteinte à l'honneur de Dieu, au respect de l'Église, au bien de la

1. ***Contemptible*** : méprisable.
2. ***Grief*** : grand et fâcheux.
3. ***Remis*** : pardonné.

religion, à la révérence due aux sacrements, qui sont les canaux de la grâce que Jésus-Christ a méritée aux hommes par sa mort en la croix, à la faveur desquels elle est transfuse[1] et répandue dans les âmes des fidèles qui sont saintement dirigés et conduits.

Le Roi glorieux au monde,
ou Louis XIV le plus glorieux de tous les rois du monde.

1. Quels sont les critères qui président à la condamnation de la pièce par l'abbé Roullé ? Sont-ils d'ordre moral ou littéraire ?
2. Montrez qu'au blâme se mêlent des traits d'éloge destinés au souverain.

Voltaire, *Vie de Molière* (1739)

Au XVIIIe siècle, le mouvement des Philosophes jette une lumière nouvelle sur la pièce. La religion empreinte de modération dont Cléante se fait le porte-parole entre en résonance avec la lutte contre la superstition et le fanatisme qui anime les penseurs de cette époque ; ils y décèlent une conception morale de la religion compatible avec leur culte de la raison. Dans sa *Vie de Molière*, Voltaire se fait l'écho de cette convergence de vue.

Mélanges II

Pendant qu'on supprimait cet ouvrage, qui était l'éloge de la vertu et la satire de la seule hypocrisie, on permit qu'on jouât sur le théâtre italien *Scaramouche ermite*, pièce très froide, si elle n'eût été licencieuse, dans laquelle un ermite vêtu en moine monte la nuit par une échelle à la fenêtre d'une femme mariée, et y reparaît de temps en temps en disant « Questo è per mortificar la carne[2]. » On sait sur cela le mot du Grand Condé : « Les comédiens italiens n'ont offensé que

1. ***Transfuse*** : transmise.
2. ***Questo è per mortificar la carne*** : « C'est pour mortifier la chair. »

Dieu, mais les Français ont offensé les dévots. » Au bout de quelque temps, Molière fut délivré de la persécution ; il obtint un ordre du roi par écrit de représenter *Le Tartuffe*. Les comédiens ses camarades voulurent que Molière eût toute sa vie deux parts dans le gain de la troupe, toutes les fois qu'on jouerait cette pièce ; elle fut représentée trois mois de suite, et durera autant qu'il y aura en France du goût et des hypocrites.

Aujourd'hui, bien des gens regardent comme une leçon de morale cette même pièce qu'on trouvait autrefois si scandaleuse. On peut hardiment avancer que les discours de Cléante, dans lesquels la vertu vraie et éclairée est opposée à la dévotion imbécile d'Orgon, sont, à quelques expressions près, le plus fort et le plus élégant sermon que nous ayons en notre langue ; et c'est peut-être ce qui révolta davantage ceux qui parlaient moins bien dans la chaire que Molière au théâtre.

Vie de Molière.

1. Comment Voltaire suggère-t-il que l'interdiction dont a pâti la pièce de Molière est profondément injuste ? Comment s'appelle le fait de citer, dans une argumentation, le propos d'une personne célèbre, en l'occurrence le Grand Condé, pour appuyer son opinion ?

2. Voltaire fait-il l'éloge du *Tartuffe* en vertu de critères philosophiques et moraux ou littéraires ? Argumentez votre réponse en relevant des expressions du texte.

3. Décelez la pointe d'ironie qui s'exerce à l'encontre des gens d'Église et des prédicateurs à la fin du texte. De quoi Voltaire les accuse-t-il ? Selon lui, quel est le sentiment qui les a incités à sévir contre la pièce de Molière ?

Louis Jouvet, *Témoignages sur le théâtre* (1952)

En 1950, Louis Jouvet (1887-1951) monte *Le Tartuffe* à l'Athénée Théâtre, non sans avoir réinterprété en profondeur le texte de Molière et la psychologie de son personnage-titre. Dans son témoignage « Pourquoi j'ai monté *Tartuffe* », il livre ses réflexions de metteur en scène et s'insurge contre les visions caricaturales, et sans partage, qui ont présidé aux représentations de Tartuffe, trop souvent réduit à un « porc lubrique, un gibier de potence, tantôt jésuite (par sa doctrine), tantôt janséniste (par son emportement contre l'ajustement des femmes) [...], un truand de sacristie, un grotesque, un hypocrite de la luxure ». Dans les lignes qui suivent, il entreprend un vibrant plaidoyer en faveur de l'homme Tartuffe.

Pourquoi j'ai monté *Tartuffe*

Ce procès-verbal est faux.

Je défie le juge d'instruction le plus subtil de pouvoir trouver, au début de la pièce ou même au cours de l'action, « les sourdes menées » de l'intrus et le « triple danger » qui va fondre sur la maison : « l'aventurier voudra épouser la fille, séduire la femme, dépouiller le mari ». D'ailleurs, pourquoi Tartuffe serait-il un aventurier ? Il était pauvre et mal vêtu lorsqu'il vint chez Orgon, ainsi que le dit Dorine ? Il n'y a à cela rien d'infamant. Son comportement à l'église est peut-être l'indice d'une grande piété. Pourquoi Orgon ne serait-il pas séduit par un homme qui n'accepte que la moitié de ses dons, et distribue l'autre moitié aux pauvres ?

Est-ce la puce que Tartuffe tue avec trop de colère qui vous paraît une tartufferie ? Il y eut un saint nommé Macaire qui, lui aussi, tua une puce en faisant sa prière, et fit neuf ans de retraite dans le désert ; après quoi il fut canonisé. Où prend-on que Tartuffe veut épouser Mariane ? Il le dit : ce n'est pas le bonheur après quoi il soupire. Il est amoureux de la femme. Julien Sorel est amoureux de Mme de Rênal. On n'en fait pas un monstre pour autant. Pourquoi dire qu'il veut dépouiller Orgon ? C'est Orgon qui, dans un élan de tendresse, sans que Tartuffe ait rien sollicité, veut lui faire une donation entière : « Un bon et franc ami que pour gendre je prends,/ M'est bien plus cher que fils, que femme, et que parents. » Tartuffe ne fait qu'accepter ce qu'on lui offre. « Les enfants luttent, guidés par la servante et l'oncle. » Il n'y a pas de lutte ; du moins, la lutte est vite terminée. Orgon, sur le simple soupçon que Damis a faussement accusé Tartuffe – sans que celui-ci intervienne –, chasse son fils, avec sa malédiction, et invite sa fille à mortifier ses sens avec son mariage.

Quant à la scène « hardie et forte » du quatrième acte, où Elmire cache son mari pour le rendre « témoin et juge des criminelles entreprises de Tartuffe », relisez-la avant que d'en parler : Elmire provoque Tartuffe, lui parle « d'un cœur que l'on veut tout » et lui déclare qu'elle est prête à se rendre. Je sais bien que c'est pour démasquer l'imposteur, mais qui ne se laisserait prendre à ce jeu dès lors qu'il est amoureux ? Et que Tartuffe, bafoué dans son amour et – ce qui est pire – dans son amour-propre, se venge d'Orgon avec les armes qu'il a, c'est humain plus que monstrueux.

Témoignages sur le théâtre, Flammarion, 1952, rééd. 2002.

1. Louis Jouvet nie-t-il que Tartuffe ait commis de mauvaises actions ? Que conteste-t-il en revanche ?

2. Après avoir recherché dans l'édition la définition de cette méthode casuiste appelée « direction d'intention », montrez que Louis Jouvet l'utilise pour atténuer la noirceur de ce personnage.

3. Par quels procédés donne-t-il du poids à son argumentation ? Étudiez le type de raisonnements utilisés, le registre, les figures de style, les marques d'implication subjective et les apostrophes aux lecteurs présents dans ce texte.

4. Sa volonté de réhabiliter Tartuffe conduit fatalement à reporter une certaine culpabilité sur d'autres personnages. De quoi Orgon et Elmire sont-ils jugés responsables ou coupables ?

5. Selon Louis Jouvet, quelles sont les circonstances atténuantes de la vilenie du personnage ?

S'approprier l'œuvre (pistes pour le carnet de lecture)

La fabrique de maximes

Truffée de formules morales et de règles de conduite que Mme Pernelle appelle des « maximes de vivre[1] » et qui sont plus ou moins recommandables selon l'identité de celui qui les profère, la pièce de Molière peut être lue comme un recueil d'aphorismes[2]. La lecture de ces maximes permet d'identifier les thèmes centraux de la pièce, et de saisir, sous forme d'éclats verbaux, la psychologie des personnages.

Qui a dit quoi ?

Retrouvez, pour chaque maxime, le personnage à qui elle appartient, puis interrogez-vous sur les qualités et les mérites ou, au contraire, les vices dont elles sont l'expression. Pour vous aider, reformulez chaque réplique avec vos propres mots.

1. « Ceux de qui la conduite offre le plus à rire/ Sont toujours sur autrui les premiers à médire »
2. « Il est bien difficile enfin d'être fidèle/ À de certains maris faits d'un certain modèle »
3. « La vertu dans le monde est toujours poursuivie ;/ Les envieux mourront, mais non jamais l'envie. »
4. « L'amour qui nous attache aux beautés éternelles/ N'étouffe pas en nous l'amour des temporelles. »
5. « C'est être libertin que d'avoir de bons yeux »
6. « Moins on mérite un bien, moins on l'ose espérer ;/ Nos vœux sur des discours ont peine à s'assurer »

---

1. Acte I, scène 1, v. 37.
2. *Aphorismes* : brefs énoncés résumant une théorie ou un savoir.

7. « Il est de faux dévots ainsi que de faux braves »
8. « Les bons et vrais dévots, qu'on doit suivre à la trace,/ Ne sont pas ceux aussi qui font tant de grimace. »
9. « Le scandale du monde est ce qui fait l'offense,/ Et ce n'est pas pécher que pécher en silence. »
10. « Des esprits médisants la malice est extrême. »

La boîte à outils des maximes

Les maximes sont le plus souvent caractérisées par la brièveté et l'universalité de leur propos, et sont mises au service d'intérêts très divers (bon sens, impertinence, propos moralisateur, etc.). À votre tour, formulez des maximes sur des questions qui vous sont chères (relations amicales, amoureuses, vie sociale et familiale, etc.). Celles-ci doivent être courtes, rédigées en alexandrins et affirmer une règle morale de façon incisive et percutante. Pour ce faire, vous veillerez à utiliser les outils stylistiques et grammaticaux suivants :

– le présent de vérité générale : la vertu dans le monde **est** toujours poursuivie ;
– les articles définis : **l'**amour/ **la** vertu/ **les** bons et vrais dévots ;
– les tournures impersonnelles : **il est** bien difficile/ **il est** de faux dévots ;
– les présentatifs : **c'est/ il est** ;
– le clivage par extraction, en utilisant un présentatif et un pronom relatif : **c'est** être libertin **que** d'avoir/ **ce n'est** pas pécher **que** ;
– les parallélismes : il est de **faux dévots** ainsi que de **faux braves** ;
– les répétitions : **l'amour... l'amour/ faux ... faux.**

Les adaptations de la pièce

Les scènes 5 et 6 de l'acte IV (v. 1502-1534, p. 162-163) correspondent à un passage central de la pièce : Orgon, caché sous une table à l'instigation d'Elvire, découvre l'imposture de Tartuffe. Après avoir relu la scène, visionnez les deux adaptations suivantes, puis répondez aux questions :

– L'extrait du film de Marcel Cravenne (1971), avec Michel Bouquet (Tartuffe), Delphine Seyrig (Elmire) et Jacques Debary (Orgon)[1].
– L'extrait de la mise en scène de Roger Planchon (1973) avec la compagnie du Théâtre national populaire de Villeurbanne (TNP) et jouée au théâtre de la Porte-Saint-Martin avec Nelly Borgeaud (Elmire), Roger Planchon (Tartuffe) et Jacques Debary (Orgon)[2].

Elmire : épouse bafouée ou coquette rusée ?

1. Comparez l'interprétation du personnage d'Elmire par Delphine Seyrig et par Nelly Borgeaud : laquelle des deux vous semble maîtriser la situation ? Laquelle, au contraire, est en proie à un désarroi croissant ? Justifiez vos réponses à l'aide de détails précis concernant la gestuelle, la posture et les costumes des deux comédiennes.
2. À la fin de la scène, quel est le rôle d'Elvire à l'égard d'Orgon : dans quelle version force-t-elle son mari à sortir de sa cachette ? Dans laquelle, au contraire, Orgon prend-il seul l'initiative de s'extirper lui-même de sous la table ? Qu'en déduisez-vous ?

Tartuffe : homme d'Église ou séducteur impénitent ?

1. Des deux interprétations du personnage par Michel Bouquet et par Roger Planchon, laquelle vous semble la plus proche de l'idée que l'on peut se faire d'un homme d'Église ?
2. Quelle différence notez-vous d'une version à l'autre, dans la façon qu'a le personnage de dire la réplique des vers 1523 à 1526 ?
3. Quelle nuance psychologique peut-on en déduire ? Lequel des deux Tartuffe se soucie encore de sa réputation et répugne au scandale ? Lequel, au contraire, assume pleinement ses intentions amoureuses et charnelles ?
4. Dans la version de Roger Planchon, les costumes et la captation vidéo peuvent nous faire oublier la présence de la table : à quel

---

1. fresques.ina.fr/en-scenes/fiche-media/Scenes10051/le-tartuffe.html : 00.85.89 à 00.88.24.

2. fresques.ina.fr/en-scenes/liste/recherche/tartuffe/s#sort/-pertinence-/direction/DESC/page/1/size/10 : 00.00.26 à 00.03.04.

autre meuble peut alors penser le spectateur, étant donné la position des personnages et leur relatif dénudement ? Quel est l'effet produit ?

Une scène tragi-comique

Ces partis pris témoignent d'une lecture un peu différente de la pièce chez le réalisateur et l'homme de théâtre.

1. Laquelle vous semble animée d'une intention plus franchement comique ?
2. Laquelle au contraire verse dans une atmosphère plus tragique ?
3. Justifiez votre préférence pour l'une ou l'autre des interprétations.

Vers le bac

Le point de grammaire : acte IV, scène 5

Dans cette scène, un échange complexe s'instaure entre Elmire et Tartuffe, d'une part, et entre Elmire et Orgon d'autre part, en vertu d'une triple énonciation théâtrale[1]. Le pronom personnel « on » apparaît comme un vecteur de l'ambiguïté du texte, mi-tragique, mi-comique. On peut dénombrer trois emplois et valeurs distincts de ce pronom :

– une valeur d'indéfini quand il désigne une instance indéterminée ;
– une valeur de pronom personnel de 2e personne du singulier ;
– une valeur expressive d'effacement du locuteur marquée par l'ironie ou la discrétion, remplaçant la 1re ou la 2e personne, singulière ou plurielle.

---

1. ***Triple énonciation théâtrale*** : système de communication propre au théâtre, où les personnages s'adressent les uns aux autres, mais aussi aux spectateurs et, quelquefois, comme dans cette scène, à un personnage caché.

De façon assez exceptionnelle dans la scène 5 de l'acte IV, ces trois valeurs coexistent et se superposent en fonction du destinataire concerné.

1. Précisez, dans les phrases suivantes, quelle est la valeur du pronom « on ». Plusieurs réponses sont possibles.
« Je ne dois point prétendre/ qu'on puisse être content, et qu'on veuille se rendre » (v. 1509-1510)
« Mais puisque l'on s'obstine à m'y vouloir réduire » (v. 1513)
« Puisqu'on ne veut point croire à tout ce qu'on peut dire » (v. 1514)
2. Expliquez, dans un court paragraphe argumenté, ce que révèle l'utilisation du pronom « on » dans ce passage et quel est l'effet obtenu. Que dit-il de la relation Tartuffe/Orgon ? de la place d'Elmire ?

La dissertation

Vous traiterez, au choix, en vous appuyant sur votre connaissance précise de l'œuvre et sur votre expérience de ses différentes mises en scène, l'un ou l'autre de ces sujets :

1. Faut-il voir Tartuffe, selon les mots de Jean Serroy[1], sous les traits d'un grossier personnage « étalant la sensualité gourmande et adipeuse[2] d'un pourceau de sacristie[3] répugnant » ou, à l'inverse, « d'un ascète prédateur, [...] dont les habits sombres et la mine sévère ne sont pas exempts d'une force de séduction qui envoûte quasiment ses victimes » ?
2. « La comédie de Molière fait entrer le loup dans la bergerie. Face à Tartuffe, chaque membre de la famille se révèle en fait pour ce qu'il est et découvre, poussé par la présence de cet agitateur en eaux troubles, les tréfonds obscurs de sa propre personnalité » Jean Serroy[4]. Que pensez-vous de cette affirmation ?

---

1. « Tartuffe, ou l'autre », L'Autre au XVIIe siècle, actes du 4e colloque du Centre international de rencontres sur le XVIIe siècle, université de Miami, 23 au 25 avril 1998. Jean Serroy, professeur à l'Université, est spécialiste du XVIIe siècle.
2. ***Adipeuse*** : grasse.
3. ***Pourceau de sacristie*** : débauché, faux dévot.
4. Préface de Jean Serroy, *Le Tartuffe*, Gallimard, coll. « Folio classique », 1997.

Imprimé à Barcelone par:
BLACK PRINT

N° d'édition : L.01EHRN000623.N001
Dépôt légal : mai 2019